光文社古典新訳文庫

19世紀イタリア怪奇幻想短篇集

橋本勝雄編・訳

kobunsha classics

光文社

Title : I racconti fantastici dell'Ottocento italiano

19世紀イタリア怪奇幻想短篇集　目次

訳者まえがき

本書は、十九世紀後半にイタリアで書かれた幻想的な短篇小説、九作品のアンソロジーである。簡単に選定と配列の意図を解説したい。先入観を持たずにそのまま作品を読んでみたいと思う方は、先に作品を読まれることをお勧めする。

本アンソロジーの目的は、ほとんど日本では知られていない、十九世紀イタリア怪奇幻想小説の一端を紹介することである。選定にあたっては、領域全体を網羅《もうら》し、時代的な変遷を追って整理するというよりは、有名作家の代表作からあまり知られていない作家の異色作まで、幅広い短篇から、読み応えと意外性のある作品を選ぶことに重点を置いた。そのため、発表年や作家の知名度、性別などのばらつきや偏りについてはこだわらなかったことをお断りしておく。

さらに、イタリア十九世紀幻想文学の定義や特徴を例示することを目指してはいない。収録作品にある種の共通性や国外の幻想文学との類似点も感じられるが、地域的または時代的な特色をとくに念頭に置いたわけではない。通読されたあとで、作家の個性と作品の多様性を感じていただければ幸いである。

配列の点では、選んだ九作品をテーマの点から大きく三つに分けることにした。最初に幻想小説の王道である、死者の帰還を扱う三作品を取り上げた。日常世界に出現する超自然として、幽霊や亡霊、甦《よみがえ》りほどふさわしいものはないだろう。

イジーノ・ウーゴ・タルケッティの「木苺のなかの魂」では、殺された娘の魂が青年男爵に憑依《ひょうい》する怪異が描かれる。男爵が体験する二重身の奇妙な感覚と、男爵の奇矯な行動を目撃する村人たちの驚きが対照的である。

ナポリ出身のヴィットリオ・ピーカの「ファ・ゴア・ニの幽霊」は、ファウスト風の悪魔との契約に始まり、異国日本の亡霊が登場する。イタリアにおける日本趣味、いわゆるジャポニズムが創作に表れた貴重な短篇である。

レミージョ・ゼーナの「死後の告解」では、告解のために死者が甦る。霊安室の若い女性の遺体と向き合った体験を回想する神父の語りのなかで、夢か現実かというためらいが最後まで続く。

続く三作品は、強迫観念、恐怖や愛情など心理的な幻想を扱っている。

アッリーゴ・ボイトの「黒のビショップ」は、チェスの戦いに象徴される白と黒の二項対立を徹底的に推し進めた物語である。白人と黒人がスイスの高級リゾートで始めた友好的なゲームは、命を賭けた争いとなり、死と狂気を引き起こす。当時の奴隷制や植民地反乱を背景に、作家独自の二元論、光と闇の対立が展開される。

カルロ・ドッスィの「魔術師」は、自伝的小説『アルベルト・ピサーニの生涯』の一挿話を独立させたものだ。死の恐怖にとりつかれた男の狂気が、黒いユーモアを込めて描かれる。当時、遺体保存を得意として「魔術師」と呼ばれていた医者について、ドッスィが興味を持っていたことが知られている。

アッリーゴの兄カミッロ・ボイトの「クリスマスの夜」では、老女の語りのあいだに挟まれた主人公の手稿によって、亡くなった双子の姉と、街で見かけたお針子のふたりの女性に対する歪《ゆが》んだ愛情が生み出すまぼろしと狂気が浮き彫りになる。クリスマスの夜の、霧に包まれたミラノの街路と、豪華なホテルの室内との対比が印象的で、男の心のなかで女性のイメージが交錯する心理小説としても読める。

最後の三作は、奇譚やファンタジー、寓話といった幅広い意味での幻想作品を選んだ。

ルイージ・カプアーナの「夢遊病の一症例」は、推理小説の体裁をもった幻想小説といえる。エドガー・アラン・ポーの『モルグ街の殺人』を連想させる殺人事件は、捜査官の推論や理性によってではなく、夢遊病による千里眼、予知能力によって解決される。医師の回顧録から、目撃者の証言、そして警察署長の報告書まで、複数の言説によって構成された複雑な物語である。

イッポリト・ニエーヴォの「未来世紀に関する哲学的物語　西暦二二二二年、世界の終末前夜まで」は、イタリアSFの先駆けであると同時に、啓蒙主義のユートピア小説、哲学小説を受け継いだ作品である。当時のイタリア統一運動を取り巻く世界情勢を踏まえて作家が描く未来には、悲観と楽観が入り混じる。新宗教と世界連邦の誕生、人造人間の発明が引き起こす経済発展とはびこる怠惰《たいだ》の予想図は、自由な発想と鋭い風刺の才能を示しており、代表作である歴史長篇小説『あるイタリア人の告白』とは違った作風の一面を知ることができる。

最後のヴィットリオ・インブリアーニの「三匹のカタツムリ」は、多くの冒瀆《ぼうとく》語を盛り込んだ「ご婦人がたに見せられない」民話である。一八七五年の初版は二十八部の豪華本で、当局からの追及を避けて作者名は記されなかった。民話研究者でもあったインブリアーニは、自ら編纂した『ポミリアーノ・ダルコの十二の民話』（一八七七）の第一話「真実のジュゼッペ」を、カトリック信仰を嘲笑する過激な表現、ことば遊びと方言を交えた諧謔《かいぎゃく》的な文体で書き換えた。嘘をつかない正直者のモチーフは、ジョヴァン・フランチェスコ・ストラパローラ（一四八〇頃―一五五七）の『愉しき夜』（一五五〇―一五五三）の第三夜第五話「正直者の牛飼い」や、イタロ・カルヴィーノ（一九二三―一九八五）の『イタリア民話集』（一九五六）の第一八七話「正直な農民」に共通する。

全体を通じて、固有名詞や分かりにくい表現に訳注を付して理解の助けとなるよう配慮した。本書をきっかけに、十九世紀イタリアの怪奇幻想小説に対する関心が高まることを期待したい。

19世紀イタリア怪奇幻想短篇集

木苺のなかの魂

イジーノ・ウーゴ・タルケッティ

Title : Uno spirito in un lampone
1869
Author : Igino Ugo Tarchetti

一八五四年、カラーブリア地方[1]の小さな村の純朴な住民は、ある奇怪な事件に驚きおびえた。

わたしはできるかぎり正確にこの特異な冒険を語ろうと思う。ただ、その興味深い細部を含めて真実を余すことなく伝えるのがとても難しいとよくわかっているのだが。

この事件の数年前、若い男爵Bが、父祖伝来の豊かで広大な領地を受け継いだ。残念ながら、わたしははっきり約束した手前、彼の名を明かすことはできない。そこはカラーブリアでもとりわけ風光明媚な地域で、相続人の青年つまり男爵Bは、果樹が豊かに生い茂り狩りの獲物となる動物が数多く生息する山々から一度も外に出たことがなかった。かつて封建領主の居城であった城館に家族代々暮らす彼は、お抱えの家庭教師から読み書きの手ほどきを受け、ラテン文学の作家三、四人を習い、いざとなれば有名な対句をいくつか諳《そら》んじることができた。南部人の例にもれず、狩猟と乗馬、そして女遊びが大好きだった。この三つの情熱は三頭立ての郵便馬車の若駒のように肩を並べて進み、才能は大いに発揮され、ほかのことは頭になかった。アペニン山脈の険しい峰の向こうにも町があり、人が住んでいて、違う愉しみがあるとは思ってもいなかったのだ。

しかし幸せになるのに知識は必要ではなく——むしろ実際はその逆のように思われる——、青年男爵Bは、習い覚えたラテン作家の対句だけで十分に幸せだった。そして周りにいた使用人たち、女性たち、猟犬も、彼と同様に幸せであったし、荘厳な儀式の際に馬車の前後に並ぶ、緑の衣装を着た十二人の従者も幸せだった。

事件の数か月前、男爵家に仕える使用人の家族に、ある痛ましいできごとが降りかかり、城の平和な日常は一変した。男爵の女中のひとりで、使用人の何人かと付きあっていたらしい娘が、突然村から姿を消したのだ。手を尽くして探したが娘は見つからなかった。森番のひとりが疑われたが——荒っぽい男で、かつて彼女に惚れこんだが相手にされなかった——、実際には疑いはあいまいで証拠もなく、その若者が落ち着いてきっぱり否定したので、疑念はかきけされた。

1　イタリア半島南端、つま先にあたる地域。

娘の謎めいた失踪にはどこか犯罪のにおいが漂い、青年男爵Bはふさぎこんだ。しかし少しずつそのことを忘れて、女遊びと狩りに気を紛らわせた。城にふたたび喜びと落ち着きが戻ってきた。緑の服の従者たちも控えの間で楽しくすごした。娘が姿を消して二か月も過ぎないうちに、男爵も使用人たちも彼女のことを忘れてしまった。

十一月のことだ。

ある朝、男爵Bは、悪夢にうなされて嫌な気分で目を覚ました。ベッドから出て窓を開け放つと、空は穏やかに晴れていて、中庭へ散歩に出て行きたがって門扉をひっかいている元気な猟犬たちが目に入った。男爵は言った。「今日はひとりで猟に出かけるとするか。あのあたりに、畑に巣を作っている野バトの群れが見える。宿代を羽根で払ってもらおう」そう決心して、着替えがすむと防水長靴を履き、猟銃を肩から斜めに掛けて、いつもは供をする緑の服を着た従者ふたりと別れて、出かけて行った。男爵を取り囲んだ猟犬たちは、頭を振って長い耳をバタバタさせ、脚の間に入りこもうとして長い尻尾で防水長靴をこすりまわした。

男爵Bは、野バトが巣作りをしているのを見た場所へ、まっすぐに進んだ。種まきの季節で、耕されたばかりの畑には、やぶも雑草もない。秋の雨で地面はひどく柔らかくなっていて、畝《うね》の間で男爵は膝まで泥にはまりこんでしまい、一歩進むたびに長靴が脱げそうだ。しかも犬たちはそうした狩りに不慣れで、猟師の戦略をすっかり台無しにしてしまう。それに対して、野バトたちは古参近衛隊[2]のようにあちこちに見張りを配置していた。

男爵Bは、抜け目のない野バトにいらいらし、それでもますますむきになって狩りを続けたが、どうしても狙いを付けることさえできない。へとへとになって喉の渇きを覚えたとき、ふと見ると、近くの畝に葉を茂らせた木苺の木があり、熟した実が鈴なりだった。

「妙だな！」男爵は言った。「こんなところに木苺とは……しかもこんなにたくさん！　よく熟れてるじゃないか！」

銃の撃鉄《げきてつ》を下ろすと、銃をかたわらに置いて座りこんだ。そして美しく霜が降りて銀色に輝いている木苺をひと粒ひと粒もいで、からからになっていた喉の渇きを精一杯潤した。

2　第一帝政時代のフランス陸軍精鋭部隊。

座ってから半時ほど過ぎたとき、男爵は不思議な感覚を味わった。

空や地平線や野原が以前と違って目に映ったのだ。もの自体が変わったのではなく、一時間前と見え方が違っていた。いわば見ている目が変わったようだ。

猟犬のなかに、見覚えのない数頭がいる。よく見れば、馴染みの犬だった。彼はいつもより丹念にすべての犬をじっと見つめてなでてやったが、自分が飼い主でない気がして、自信がなくなり、思わず一頭一頭に呼びかけた。「アゾル、フィード、アロップ！」呼ばれた犬は、尻尾を振ってすぐに駆けよってきた。

「ああ、よかった」男爵は言った。「俺の犬はまだ俺の犬のままだ……だが頭に感じるこの感覚はなんだ。重たい感じがする……この奇妙な欲望は、これまで味わったことのないこの意欲はいったいなんだろう。五感すべてが混乱して二重に感じられる。俺はおかしくなったのか？……まあ、俺たちの考えを、もう一度整理してみようじゃないか……、俺たちの考えだと！　まさにその通りだ、こんな考え、どれも俺のものなんかじゃない気がする。だが、整理すると口で言うのはたやすいが、そんなことできやしない。頭のなかでなにかがばらばらになったのか、言わば、前と違った形になったようだ。なにかが湧きあがって激しく動いている。頭のなかで大きくなろうとしている。痛くはないが、前に出ようとして頭蓋骨を内から押しているみたいだ。俺のなかにもうひとりの人間がいるんじゃないか。二重の人間だ！　なんと不思議な！　でも、きっとそうなのだ、間違いない。今なら、二重の人間がどう感じるかよくわかる。

「今まで生きてきて、雨で濡れそぼったアネモネの花なんて一度も気にしなかったのに、それがこんなに美しく見えて、心惹かれるのはなぜだ。なんと鮮やかな色だ、なんと素朴でかわいらしい形だろう！　花束を作ろう」

そして男爵は座ったまま手を伸ばしてアネモネの花を二、三輪摘み取ると、奇妙なことに娘っ子のように自分の胸に飾った。しかし手を自分に引き寄せたとき、さらに奇妙な感覚が押し寄せた。手を引き寄せながら、それと同時に伸ばしたくなったのだ。彼の腕は同じ程度に強力で正反対のふたつの力で動かされているらしく、麻痺したようにそのまま固まった。

「なんということだ！」男爵は言った。そして力を振り絞って、膠着状態から抜けだした。手が折れたか怪我をしたのではないかと思い、しげしげと眺めた。

そこで初めて彼は、自分の手が短くきれいな形で、ふくよかな指の先は細く、爪はすらっと美しいことに気がついた。珍しいことに、彼はうっとりとその手を見ていた。脚を見ると、ずんぐりした防水長靴を履いていても小さくてほっそりしているとわかって、うれしくて微笑んだ。

その瞬間、近くの畑から野バトの群れが飛び立った。男爵はいそいで身をかがめて銃をつかむと、撃鉄を起こそうとしたが……なんとも不思議なことが起きた！　その瞬間、自分が銃を怖がっていると気がついた。銃声の轟音に怯《おび》えてしまうだろう。男爵は茫然として銃を手離した。一方、心の声は語っていた。「なんて美しい鳥だろう。羽毛がとても美しい！　野バトだろう」

「これは驚いた」男爵は両手を頭にあてて叫んだ。「もう自分がちっともわからない。俺はまだ俺なのか、もう俺ではないのか？　銃を撃つのが怖くなったことなどあったか？　種まきした畑を荒らすあの憎たらしい野バトをかわいそうに思ったことなどあっただろうか？　畑だって！　それも自分の畑じゃない気がする。もういい、たくさんだ。城に帰ろう、おそらく熱が出たせいだ。ベッドで寝れば消えてしまうだろう」

そして立ちあがりかけた。しかしその瞬間、彼のなかの別の意志が、もとの姿勢に押しとどめた。「いや、もう少しここに座っていよう」というように。

男爵は、自分が喜んでその意志に従うのを感じた。畑のわきの道を、仕事から村に帰る青年たちが通りかかったからだった。その若者たちに対して、よくわからないが、これまで体験したことのない興味と関心を感じていた。なかにはかなり美男子もいて、男爵の前を通りながら挨拶したので、男爵もどぎまぎしながらうなずいて挨拶を返したが、自分が乙女のように顔を赤くしているのがわかった。それから、なにも問題なく立ちあがれるのに気がついて、腰を上げた。立ってみると、いつもより体が軽く思われた。ときおり足がしびれたり、ときにはよりなめらかに動いたりする。身のこなしがいつもより優美になっていた。実際には、以前と同じ動きをして、それまでと同じように、歩いたり振る舞ったり体を動かしていたというのに。

猟銃をケースにしまおうとしたが、前と同じように怖くなり、手で銃を持ったまま、体から少し遠ざけておくことにした。まるで怖がりの子どものように。

道が二手に分かれるところに来て、どちらを通って城に戻ろうかと迷った。どちらも城に続くのだが、彼はいつも一方の道を通っていた。いま、いつもの道に進もうとして、同時に別の道に進みたい気持ちにもなった。動こうとして、さっきと同じ現象が起きた。ふたつの意志が彼を支配し、同じ力で働きかけて相互に打ち消しあったので、動けなくなってしまったのだ。石のように固まって、道で立ちつくしていた。しばらくして、やっとこわばりが解けて、ためらいがなくなったと気がつくと、いつも通っていた道を進みだした。

百歩ほど進んだところで、判事の妻に出会って、彼女から丁寧な挨拶を受けた。

「いったい、いつから判事の奥さんに挨拶されるようになったのか？」と男爵Bはつぶやいた。それから自分は男爵Bであり、その奥さんと親しい間柄だったと思いだして、いったいなぜそんなふうに考えたのかとびっくりした。

それから少し進むと、垣根のそばで枯れ枝を集めて束ねている老婆に出会った。

「こんにちは、カテリーナ」男爵は彼女に抱きつき、頰にキスをしながら挨拶した。「お元気？　お舅さんからの便りはあった？」

「ああ、旦那さま！　なんとまあ、もったいないおことばを！」男爵からめったにない打ち解けたことばで話しかけられて、老婆はびっくりして叫んだ。「あの……」

しかし男爵は相手のことばをさえぎった。「お願いだ、よく俺を見てくれ、俺はまだ俺のままか？　俺はやっぱり男爵Bなのか？」

「ああ、旦那さま！」彼女は答えた。

それ以上の返事を待たず、彼は道を先に進んだ。両手で髪をつかみ、「俺は狂ってしまった、狂ってしまったんだ」と叫んだ。

歩きながらときおり足を止めては、それまでまったく興味のなかった人や物を以前とは違った見方で眺めた。膝まで服をたくしあげて畑の鍬《くわ》入れをしているかわいい農家の娘がいたが、前のようには惹かれなかった。むしろ粗野で、いい加減で、みっともない女に見えた。自分の前を行く猟犬が鼻を下げて尻尾を振るのを見てつぶやいた。「おや、生まれてまだ一か月も経っていないはずのヴィジールが、もう八か月に見える。立派な猟犬の仲間入りじゃないか」

城の近くに来ると、おしゃべりしながら散歩している使用人たちと出会った。すると不思議なことに、彼らの姿が二重に見えた。ふたつの眼でひとつの中心を見て視線を交錯させたのと同じように。だが、これはそんな現象ではないと彼にはわかった。たしかに二重に見えてはいたが、その二重の見え方はまったく同じというわけではなく、自分の内にふたりの人間がいて、それぞれの目で見ているようだったからだ。

そしてこの二重の見え方は、その瞬間から感覚すべてに広がっていった。見え方が二重、聞こえ方も二重、触った感じも二重だ。さらに驚くべきことに、考えも二重だった！　つまり、ひとつの感覚は彼にふたつの考えを引きおこし、そのふたつの考えは、ふたつの異なる理性の力から生まれたふたつの異なる意識によって判断されたのだ。一言で言えば、彼の生命のなかに、ふたつの生命があった。そのふたつは性質が異なり、正反対でばらばらだった。そのふたつが溶けあうことなく、感覚を支配しようとたがいに争っているために、感覚が二重になっていた。

そこで、彼は使用人たちを目にして、彼らが自分の使用人だとわかっていながら、より強い衝動を抑えきれずに我を忘れ、そのひとりに抱きついた。「まあ、フランチェスコ！　会えてよかった。元気？　男爵さまはどうしてる？」彼は自分がその男爵本人だと十分わかっていたのにそう言ったのだ。「そのうちお城に会いに行くからと伝えて」

使用人たちはびっくりして、その場から離れていった。男爵に抱きつかれた男は胸の内でつぶやいた。「話しかけてきたのが男爵なのか、それとも本当は男爵じゃなかったのか、まったく見当もつかない。あのしゃべり方、どこかで聞いた気がするぞ。なんだろう、よくわからないが。でも、あの表情と顔つき、抱きつく様子……　そうだ、あんなふうに抱きつかれたのは初めてじゃない。でも、男爵さまがあんなに親しげに俺に話しかけたことはない」

男爵Bが少し進むと、庭の囲いの隅に作られた蔓棚が見えた。蔓棚に葉が茂っていて、物好きな人の目のとどかない場所だ。男爵はそこに入りたくてたまらなくなった。もう一方の意志は、城に入ることを命じていたにもかかわらず。最初の衝動に負けて、男爵が蔓棚の下に座ると、その身にさらに奇怪な現象が起きた。

彼のなかに新しい意識が生まれたのだ。まったく知らない一連の過去が目の前に繰り広げられ、自分の人生を彩ったはずがない純粋で甘美な記憶が甦《よみがえ》って心が優しく揺さぶられた。初恋の記憶であり、最初の罪の記憶だ。しかし感じたなかでも最も優しく高貴な愛情で、経験したことのない甘く寛大な罪の思い出でもある。その心は、未知の情愛の世界を渡りあるき、見知らぬ領域をさまよって、感じたことのない甘さを覚えた。

しかし、そんな記憶の総体、つまり未知の人生が自分につけくわわっても、彼は動揺しなかった。本来の人生の記憶は混乱しなかった。ふたつの意識は、知覚できない線で隔てられていた。

男爵Bは蔓棚の下でしばらく過ごした。それから大急ぎで村に行きたくなった。このとき彼を動かしていたふたつの力は合致してひとつの強烈な衝動となったので、普通に歩くのではなく、大慌てで走るしかなかった。

この瞬間以来、ふたつの意志が等しい力で互いを支配し合い、そして彼を支配した。そのふたつが一致すれば、体は、素早く痙攣《けいれん》のように激しく動く。一方が沈黙すれば動きは正常になる。互いに逆らったときは、体の動きは妨げられ、強い方が支配するまで麻痺してしまうのだった。

そんな状態で城館へと走っていくと、使用人のひとりが男爵の姿を見かけて、何か事故でもあったのかと心配して、男爵の名を呼んだ。男爵は止まろうとしたができなかった。足取りを緩めて数秒間だけ立ちどまったものの、すぐに痙攣したようになり、前に後ろにぴょんぴょんと跳ねだして、悪魔にとりつかれたようだった。結局、どうしても村へ向かって走るしかなかった。

やはり村も以前と同じには見えなかった。まるで何か月も離れていたようだ。教区教会の鐘楼の漆喰《しっくい》が新しく塗りなおされているのが見えた。そのことを知っていたはずなのに、知らなかった気もする。

道を進んでいくと、大勢の人が、走っていく男爵の姿に驚き、仰天したように眺めた。彼は帽子をとってみんなに挨拶をした。すべきでないとわかっていたが、そうせざるをえなかったのだ。人々は男爵の丁寧な態度に驚きながら、ベレー帽をとって挨拶を返した。しかしさらに奇妙だったのは、男爵がそんなふうに走り、挨拶する様子を自然だと誰もが受けとめていたことだ。よくわからない何かを、彼の振る舞いのなかに垣間見ていたというか、直感的に見てとっていた。そう気がついて、男爵は怖気《おじけ》づき、不安になった。

城館に着いて、正面入口の広間に入った。侍女たちひとりひとりにキスをして回った。緑の服を着た従者に握手をすると、そのひとりの首に飛びついて優しく愛撫し、愛情と情熱のこもったことばを口にした。その光景を目の当たりにした侍女と従者たちは逃げだして、大声を上げて自分の部屋に駆けこんだ。

すると男爵Bは別の階に上った。城館のすべての部屋を見てまわり、自分の寝室に入るとベッドに身を投げだして言った。「男爵さま、あなたと床を共にするために来ました」 そこで休んでいるあいだに落ち着きをとりもどし、その二時間に起きたことをひとつひとつ思いかえして怖くなったが、それも一瞬だけだった。すぐにまた、彼を意のままに操る例の意志に支配されてしまった。

ついさっき言ったことばを繰りかえした。「男爵さま、あなたと床を共にするために来ました」心に新たなことばが浮かんだ。二重の記憶だった。つまりひとつの同じ出来事が、ふたつの異なる精神に残した印象の記憶だった。その記憶は、蔓棚の下で思いだしたものとは似ていなかった。あのときの記憶は単純だったが、今度は複雑だった。あのとき心の一部に余裕が残されていて中立の判断ができたが、今の記憶は心全体を占めていた。それは愛の記憶で、その瞬間、愛情の結びつきがどれほど偉大で、複雑で広いものか悟った。生命の不可避な法則によってふたつに分かれた感情であるために、各人は半分しか理解できない。愛情とは、ふたつの精神の完璧な融合であり、さらにその融合の渇望なのだ。愛情の甘美さはその甘美さの影、その反響であり夢である。わたしは、彼の心情をこれ以上うまく表現しようがない。

こうして一時間ほどが経過した。あの意志が弱まっていき、彼を動かしているふたつの生命が分離するのが感じられた。ベッドから降りて、ヴェールか影か、羽毛のような軽いものをぬぐいとるように両手を顔に当てた。すると触った顔に違和感があった。顔つきが変わって、他人の顔に触れている感触だった。

そこに鏡があった。彼は駆けよって自分の顔をじっと眺めた。なんという不思議なことだ！ それは彼ではなかった。というか、確かに、そこに自分の顔が映っていたのだが、他人の顔のように見えたのだ。ふたつの像がひとつに見えていた。彼の人間の半透明な表皮の下に二番目の像があり、おぼろげで不安定な、見覚えある面持ちが透《す》けている。それが彼にはごく当然に思えた。というのは、自分のなかにふたりの人間がいること、自分はひとりであり、同時にふたりでもあると知っていたからだ。

鏡から目を離すと、部屋の反対側の壁にある等身大の古い肖像画に目をやって言った。「ああ、これは男爵Bさまだ。なんと年をとったんだろう」そしてふたたび鏡のなかの自分を眺めた。

その絵を見たことで、さきほど鏡のなかの自分の顔から透けて見えた姿と似た肖像画が回廊に掛かっているのを思いだした。その絵をもう一度見たいという衝動を抑えきれなかった。そして急いで回廊に向かった。

その場に居合わせた侍女たちはいっそうひどく怯え、どうしようかと話し合い、正面玄関の間に集まっていた緑の従者を呼びに走った。

そのころ城館の庭には不思議に思った人たちが大勢集まっていた。男爵の奇行の噂はまたたく間に村に広まって、医者や判事や村の偉い人たちが駆けつけてきていた。

人々は回廊に入っていった。男爵は、ある娘の肖像画の下に立っていた。——数か月前、城から姿を消した少女だ。男爵は何も言えないほど興奮している。激しい癲癇《てんかん》発作に見えた。生気のすべてが絵に集中しているようだ。その体から何かが出ようとしていた。体から抜けでて、描かれた肖像に入りこもうとしている。男爵は不安げに肖像を見つめ、抗いがたい力に引きつけられるように、彼女に向かって奇妙な跳躍を繰りかえしていた。

しかし、さらに驚くべきことに、見ていると彼の顔つきは変化して、絵を見つめているうちに別の表情になっていった。もちろん誰もが男爵Bだと認めていたが、それと同時に、絵に描かれた娘に奇妙に似ているようにも見えた。回廊に駆けつけた人々は、言いようのない恐慌に襲われて立ちつくした。彼らは何を見ていたのだろう？彼らには理解できなかった。目の前に、超自然的な何かが現れたと感じていた。誰ひとり、近づこうとはしなかった——誰も身うごきしなかった——みんな抑えがたい恐怖を感じていた。その血管には恐怖の震えが流れていた。

男爵はそのあいだも、絵に向かって飛び跳ねていた。興奮はますます激しく、相貌はますます変わっていった。顔立ちはさらに少女の面影そっくりになった……そして、恐怖で叫びだしそうな人もいた。しかし口は不思議な驚きで閉ざされ、動かせない。とうとう、人だかりから、突然叫び声が上がった。「クララ！　クララ！」

その叫び声で魔法が解けた。「そうだ、クララだ！　クララだ！」回廊に集まった人たちは口々にくりかえした。彼らはさらに強い恐怖に襲われて、ぶつかりながら戸口に押し寄せた。それは城館から消えた少女の名前で、絵画に描かれていたのは彼女の似顔絵だった。

その声を聞いた男爵Bは、絵から離れ、「人殺し、人殺し！」と叫びながら人だかりに飛びこんでいった。みなが散り散りに分かれると、男がひとり気絶して床に倒れていた。娘の名を叫んだのはその男だった。クララが失踪したときに疑われた、あの森番の青年だ。

男爵Bは緑の従者に取りおさえられた。意識をとりもどした森番は判事を呼んで、嫉妬から娘を殺して畑に埋めたと進んで自白した。数時間前、男爵が座って木苺を食べた場所だった。

すぐに大量の催吐薬が男爵に処方された。未消化の果実を吐きだすと、男爵は娘の霊から解放された。

木苺は遺体の胸から生えていた。掘りだされた遺体は、丁重に墓地に埋葬された。

森番は裁判にかけられ、十二年間の強制労働の判決が下った。

一八六五年、わたしはコゼンツァ[3]の刑務所施設を訪れて彼と知り合った。刑期を終えるまであと二年だった。この驚くべき物語を、他でもない彼自身から聞いたのである。

3　カラーブリア地方の内陸部に位置する町。

ファ・ゴア・ニの幽霊

ヴィットリオ・ピーカ

Title : Lo spettro di Fa-ghoa-ni
1881
Author : Vittorio Pica

「なあ、パオロ」机をどんと強く叩いてアルベルト・リーギは叫んだ。「大金がなければ、本当に幸せだなんて言えないよ！」

「それじゃあ、幸せになるには何がいると思う？」パオロ・ヴェリーニは灰色の小さな目で相手の顔をじっと見つめながらたずねた。ランプの赤みがかった光に、青白く禿《は》げあがった顔が照らされて、悪魔メフィストフェレスのような奇妙な印象を醸しだしていた。

「そう、そりゃ簡単さ。金、それもたくさんの金だよ。それから感情の欲求が満たされること、つまり美人で、純真で、感じの良い、ぼくの愛情に心から応えてくれる娘と結婚することさ」

そうアルベルトが言ったあとで沈黙が続いた。パオロは骨ばった手で黒い蓬髪を整えると、陰鬱な声で言った。

「わかった、アルベルト。きみがすべて手に入れられるようにしてやるよ」

「それは、どういう意味だい？　まさか冗談のつもりかい？」

「いや、言ったとおりのことさ。冗談を言うつもりはない。知ってのとおり、ぼくは魔術が使えるんだ……」

「へえ、魔術だって！　わかったぞ！」アルベルトは相手のことばをさえぎった。「きみはその魔術の力でどこかの悪魔をぼくの前に召喚して、そいつが親切にも紙幣の束を三百万か四百万か、ぼくにくれるっていうんだな、それから部屋の奥に、白い服を着た金髪娘を見せるんだ。『ファウスト』のプロローグみたいに[1]。幻灯機を忘れないでくれよ。あれがないと、その場の雰囲気がだいなしだからね。へっ、へっ、へっ、そりゃまあ面白いな」

「笑わないでくれ、いいかい。そう、望みをすべてかなえることはできるんだが、それにはきみがある条件を受け入れなければならないんだ」

「どんな条件だい？」アルベルトは、にやにやしてたずねた。友人が魔術に打ちこん

1　シャルル＝フランソワ・グノー（一八一八―一八九三）のオペラ『ファウスト』（一八五九）の第一幕。

でいることを前から知っていたのだ。

「おぞましい、非人間的な条件だ。きみの良心は恐ろしい責任を引き受けなければならない」

「そいつはいったい？」

「いや、やめておこう。きみに言うべきことじゃない」

「もったいぶるなよ！　それなら、正直に言えばいいさ、実際には言うべきことなんてなくて、魔術はでたらめだったんだと」

「そんな皮肉を言ってぼくを責めるなら、言ってやろう。願いをかなえるには、今から十五分後に日本人の若い新郎が突然死ぬ、そのことに同意しなければならない」

「それがおぞましい条件なのかい？　そんなことだったら、さっきの望みがかなうなら、ぼくは日本人ひとりどころか十人でも五十人でも死んでもらってかまわない……」

「本気で言っているのかい？」

「ああ、本気も本気だよ」

「わかった、じゃあ、あっちの隅を見てくれ」陰気な声でパオロが言った。

部屋が急に暗くなり、パオロが指さしたところに、濃い霧が現れた。霧がすこしずつ薄らぐと、豪華な大広間が見えた。片側に屏風が立てられ、軽やかな花鳥模様の入った四つの丸い雪洞《ぼんぼり》がその場を照らしている。部屋の奥の壁に奇妙な神像が掛かっており、前の小さな祭壇には花が飾られて供物《くもつ》が載っている。大勢の招待客が座布団に座り、豪奢《ごうしゃ》な浮き織や紗《しゃ》や刺繡《ししゅう》が施された色鮮やかな晴れ着を着ている。大官椅子[2]に腰掛けているのは白無垢衣装の美しい娘で、黄金と宝石で着飾っているその娘が新婦であることはすぐにわかった。隣でやや低い座椅子にいるのはきっと新郎だろう、青白い顔の華奢《きゃしゃ》な青年が慎ましい態度で目を伏せている。そんな驚くべき光景が突然現れたのを見たアルベルトは、びっくりして叫び声を上げ、夢や幻に騙されていないことを確かめようと目をこすった。パオロの姿を探してあたりを見まわしたが、どこを見ても暗闇だった。パオロを呼ぼうとしたが、声が出ない。目の前にくっきりと浮かぶ生々しい光景に近づこうとしたが、椅子に釘付けにされたように身動きができなかった。

そうしているうちに、ふたりの女官が座布団から立ちあがり、二本の瓶と三枚の

2 古代ローマで高級政務官が用いたX脚の折り畳み椅子。権威の象徴。

盃《さかずき》を重ね持って新郎新婦に近寄った。瓶から三枚の盃に何度も注《つ》がれて、差しだされた盃にふたりは交互に口をつけた。奇妙なその儀式が終わると、鮮やかで派手な服を着た大勢の歌い手と踊り手が部屋に入ってきた。歌い手たちは、ギターに似た三絃の楽器で自ら伴奏しながら歌いだした。踊り手たちは、やはり不思議な振り付けの奇妙な踊りを踊りはじめた。舞踊の最中、急に新郎の顔が真っ赤に染まったかと思うとすぐに真っ青になり、彼は鋭い叫び声を上げて床に倒れこんだ。新婦とふたりの女官と招待客たちが駆けよって、彼を抱えあげた……だが、その瞬間、アルベルトは何も見えなくなった。魔法の幻影は一瞬で消えさり、ひどく耳障りのするパオロの声が語りかけるのを聞いた。きみが願ったために、あの若い日本人の新郎ファ・ゴア・ニは死んだのだ。これで、まもなくきみの望みはかなえられるだろう。

アルベルトは、目にした不吉な光景と重々しいパオロのことばに強く動揺して、目の前で目撃したこと、友人の語ったことは現実だと信じそうになったが、それでも精神的に強いところを見せようと、パオロに向かって微笑んで言った。「見せてもらったこのちょっとした見世物は、ほんとによくできているね。すごい出来栄えだよ」

パオロは、人の心を見抜くようなその小さな目で、しばらくじっとアルベルトを見つめていたが、ことばひとつひとつに力をこめながら答えた。「きみが見たものはすべて、作り物なんかじゃなくて現実なんだ。魔術によって目にしたあの場面は、同じ時刻に日本の古い都、京都で起きたんだ。青年ファ・ゴア・ニは本当に死んでしまった。そしてきみは、望みをかなえるために彼を死なせたんだ」そう言って口を閉ざしたが、眼はアルベルトの心の底を探ろうとするかのようにしつこく離れなかった。アルベルトは、しばらく悪夢のようなその恐ろしいことばに囚《とら》われていた。立ちあがって何も言わずにパオロと握手して別れると、不思議なその場の影響から逃れるため、走るように家から出て行った。道に出たとたん、自分自身を笑いとばしたが、直前に見た情景の記憶が、後悔の念のように脳裏に焼きついて離れなかった。

翌日、アルベルトは公証人のガルダーニから手紙を受けとった。とても重要な話があるので事務所に来てほしいという内容だった。すぐガルダーニ氏のもとに駆けつけた。公証人は満面の笑みを浮かべて、アルベルトの遠縁にあたる大金持ちがマルセイユで亡くなり、彼が唯一の遺産受取人に指定されたことを告げた。この突然のうれしい知らせを受けたアルベルトは、ひょっとしたらパオロの言ったことは本当で、自分が見聞きしたことは現実に起きたのだろうかと自問した。しばらく考えこんだあと、うれしくて手をもみながら叫んだ。「まあいいさ。あれが本当だとしたら、それはそれでいいじゃないか。それなら遺産だけじゃなく、本当に愛してくれる魅力的な美少女にめぐりあうはずだ。彼女が現れるのを待とうじゃないか」

その結婚相手もすぐに現れた。ある晩、舞踏会に出かけたアルベルトは、アーダ・ベッチーニに出会った。ほっそりした金髪美人のアーダは、空色の大きな目をした優美で物憂げな少女だった。知りあったのは数年前だが、今では一段と美しく愛らしい女性になっていた。抵抗しがたい彼女の魅力に惹かれ、彼はつぶやいた。「彼女こそ、パオロが約束してくれた、美しく愛情あふれた花嫁だ」

実際、数日後にアルベルトはベッチーニ氏に、アーダお嬢さんと結婚したいと申しでて、喜んで認められた。

とうとう結婚式の日がやってきた。アーダは純白の花嫁衣裳に身を包み、いつにもましてしとやかで魅力あふれて見え、アルベルトはうれしくてたまらなかった。ただ、大勢の親族と友人たちが、彼女と自分の間に割って入ってくるのが煩《わずら》わしかった。愛想笑いを浮かべる彼らが、賢そうに見せようとして実際はくだらない甘いお世辞を並べるのに嫌気がさしていた。

招待客や親類やアーダの両親からようやく解放されたのは、真夜中過ぎだった。彼女の母親は泣きどおしで、彼を抱きしめて何度もキスをした。父親も興奮し、がっちりと握手を交わし、娘を幸せにしてくれと頼んだ。ようやく全員が帰っていくと、アルベルトはこらえきれず、一時間も前にアーダが連れられていった新婚夫婦の部屋へ走っていった。そっと二回ノックして部屋に入った。アーダは豪奢で優美なベッドに入り隅に身を寄せ、ふわふわのレースの枕に金髪の可愛らしい頭を預けて微かに目を開けている。ほんのり赤らめたその顔は、うっとりするほど魅惑的だった。アルベルトは唇に笑みを浮かべて近づいたが、時計が深夜一時を告げたとき、突然、後ろに飛びのいた。顔が蒼白になり、恐怖に駆られて思わず叫んだ。そこに……ベッドの先にファ・ゴア・ニの幽霊が現れたのだ。その顔は、パオロ・ヴェリーニの家で初めて見たときよりさらに痩せこけていてひどい土気色《つちけいろ》だった。虚《うつ》ろなおぞましい目つきをし、凶悪な表情で、じっとアルベルトを見つめている。アーダは、いきなり怯《おび》えたように叫んだアルベルトにびっくりして、いったいどうしたの、とたずねた。

「いや、なんでもない」と彼は答えたが、声は震えていた。もう一度ベッドに近寄ろうとして、ファ・ゴア・ニの凶悪な視線に耐えられずに後ずさりし、絶望して肘掛椅《ひじかけ》子に座りこんでしまった。一時間後に幽霊が姿を消してもアルベルトはそこから動こうとせず、結局その椅子で一晩過ごしたのである。

そのあと幾晩にもわたってその恐ろしい場面が繰りかえされた。深夜一時の鐘が鳴ると、アルベルトのすぐそばにファ・ゴア・ニの幽霊が現れた。それが見えたのはアルベルトだけだったが、抑えられない恐怖をアーダに隠せなかった。彼女は理由がわからず、いくらたずねても彼からは訳のわからない奇妙なことばしか聞けないので、彼はおかしくなったのかもしれないと思いはじめた。最初は誰にも何も話さずにいたが、アルベルトの暗く険しい表情と奇妙な行動に家族や友人たちも訝しむようになると、すべてを打ち明けた。毎晩ある時刻になるとアルベルトは突然怯えた表情を浮かべるんです、狂ってしまったんですと。すぐに周囲も彼女と同じように、彼がおかしくなったと考え、温かくも注意深く監視するようになった。アーダと家族と友人から狂人と見なされて、アルベルトは悲惨だった。監視を止めさせることも、ファ・ゴア・ニの幽霊の恐ろしい脅迫から逃れることもできなかったのだ。どこにいても幽霊は決まった時間に現れたし、そのおぞましい存在を見ると、彼を死なせてしまった後悔と苦悩が心にあふれた。

ある晩、アルベルトは自室に引きこもっていた。友人たちから同情の目で見られていると想像するのも腹立たしく、一年近く続く苦悩にいつにも増して打ちひしがれていた。肘掛椅子に腰を下ろして頭を抱え、自分の不幸について思いをめぐらせていると、しばらくして深夜一時の鐘が鳴った。いつもの時間だ。思わず顔を上げた瞬間、凄惨なファ・ゴア・ニの幽霊が現れた。アルベルトは、いきなり全身の血が頭に昇った気がして、椅子から立ちあがり、かっとなって幽霊に罵声を浴びせた。「しつこい亡霊め、こんなみじめな目に遭わせておいて、これでも満足しないのか？　おぞましいその姿で、いつまでつきまといつづけるつもりだ？　ずっとなのか？」　するとファ・ゴア・ニは口元に皮肉な微笑みを浮かべた。その微笑みに恐ろしいほど凄みがあったので、アルベルトの心中は当初感じた怒りから自分自身への計りしれない大きな憐みへと急に変わり、懇願するようにことばを続けた。「消えてくれ、せめて一度でもぼくを憐れんでくれないか。ああ、たしかにぼくは間違いを犯した。お前に酷いことをした。でも、後悔に悩まされて、お前の怨念につきまとわれて、過ちに対してこんな高い代償を払ったじゃないか。あれは若さと無鉄砲のせいだった。消えてくれないか。許してくれ。その燃える眼で恐ろしく執拗に見つめるのをやめてくれないか。そうしたら、多少はぼくの魂の苦悩は安らぐだろう」しかし、これを聞いてもファ・ゴア・ニの顔はまったく感情のかけらも見せなかったばかりか、アルベルトの最初のことばを聞いて幽霊の青白い唇に浮かんだ微笑みは恐ろしい残忍な表情へと変わり、その眼差しに怒気がこもったので、アルベルトはたちまち震えあがり怯えて椅子に倒れこんだ。しばらく部屋のなかには身の毛もよだつ恐怖の沈黙が広がり、時計が刻む単調な音だけが響いていた。ファ・ゴア・ニの幽霊は虚ろな声で話しだした。

「けっして口を開くまいと俺は覚悟していたのだが、お前のことばを聞いて決心を翻《ひるがえ》すことにした。ああ、卑怯者の欧州人、破廉恥なキリスト教徒め！　つきまとう俺が酷すぎると言うのか？　この一年で自分が十分苦しんだと思っているのか？　一年前、自分の願いをかなえるためにためらいもせず俺を死なせたのをもう覚えていないのだな？　あのとき俺は美しいオ・ディアキラと結婚して世界一幸せになるところだったんだ。俺にお前を憐れんでくれだと？　そっとしてくれだと？　いや、絶対そんなことはしない。お前が死ぬのを見届けるまで、この手でお前を死に追いやるまで、俺は絶対満足しない。お前が死んだそのときに、偉大なる神シヴァ[3]の定めによって俺は甦《よみがえ》るからだ。お前はすぐに死ぬべきなのだ。俺は今すぐに生きかえりたい。それは、お前のせいで失った二度と取りもどせないあの幸せをもう一度手にするためじゃない。不実なオ・ディアキラに復讐を果たすために生きかえるんだ。死んだあとで俺がどれだけ苦しんだか、お前は知るまい。じゃあ、俺がお前のことをどんなに強く、心底憎んでいるか、よくわかるように教えてやる。死んだとたん、俺の目の前に偉大なるシヴァが現れて、俺が死んだのは魔術の力のせいであり、俺の死を願った男が死を迎えたときに人間に戻れるが、それまでは輪廻転生《りんねてんしょう》の掟にしたがって獣の体に生まれかわると聞かされたんだ。それで俺はシヴァの大慈悲心に伏して祈った。こんな辛い形で引き離された愛する花嫁、麗しいオ・ディアキラのそばにいられる動物に俺の魂を宿してほしいと。シヴァは願いを聞き入れてくれて、以前の人間の体から離れた俺の魂は、可愛い白い仔犬に生まれかわったのさ。すぐに俺は美しいオ・ディアキラの家を探して京都の街路を走ったんだ。あちこち走りまわり、吠えながら延々と追いかけてくる犬の群れをようやく振りきって、目指す屋敷にやっとたどり着いた。だ

3　ヒンドゥー教の三大神の一つ。破壊と創造をつかさどる。

が門は閉ざされ、紙の壁からまったく灯りは漏れてこない。おそらくなかに誰もいないのだろうと思って俺は待った。しばらくすると籠《かご》が運ばれてきて、真っ青な顔の麗しいオ・ディアキラが出て来た。父親のオヤ・ヌと妹のオ・フニに支えられて屋敷に入った彼女を追いかけて、俺もなかに入ったんだ。オ・ディアキラは家に上がったとたんに布団に身を投げだし、さめざめと泣きだした。オヤ・ヌと可愛いオ・フニは彼女を慰める手立てがなく、あきらめて別の部屋に下がった。それまで隅で身をひそめていた俺は彼女のそばに寄り、手と顔をそっとなめはじめた。彼女は俺を見て最初びっくりしたが、俺を撫でて胸に抱きあげ、キスしてくれた。でも、すぐに熱い涙を流しはじめた。泣き疲れた彼女は俺を胸に抱いたまま、辛そうに眠りについた。彼女から温かく甘い抱擁を受けながら、俺が死んで彼女が苦しんでいると感じとり、魂の奥底で不思議な感動を味わった。それから数日、オ・ディアキラは悲痛な嘆きに沈んだままで、愛情をこめて俺を何度も可愛がってくれたんだ。俺のことを、不幸な彼女を慰撫するために愛の美神ベンテン[4]が遣わした犬だと信じたからだ。その数日間、俺は幸福だった。だが幸せは長く続かなかった。俺が死んで一か月経つと、イェンク・ロ・ダニという名の若い大名が、オヤ・ヌの家を訪れてオ・ディアキラを口説きはじめた。最初のうち、嘆き悲しんだ彼女は彼の甘いことばにそれほど耳を傾けずにいたが、ある日、彼女のなかで何かが急に変わった。悲しみが和らぎ、かつて俺を魅了したあの魔法のような微笑みが、辰砂や金粉でいっそう美しく彩られた唇にまた浮かぶようになったんだ。落ち着いた彼女は念入りに化粧をし、派手で豪奢な服を身にまとい、金の簪《かんざし》やら赤や青のリボンで髪を飾りだした。しまいには明るく朗らかで色っぽくなって、若い大名の熱心な求愛を受け入れてしまったんだ。夕暮れ時、オ・ディアキラとイェンク・ロ・ダニはオヤ・ヌの屋敷の美しい小庭園の奥にこもって繰りかえし愛を語りあった。ああ、人間だったときの俺は、まさにその同じ庭にある盆栽の松の陰や咲きはじめた美しい椿の藪の近くで、幾度もオ・ディアキラと並んで、薔薇色の扇に美しい詩文を書きあげたことがあった。彼女の美しさをほめたたえ、俺の限りない愛を伝えたその詩を読んで、彼女は俺に甘い口づけをし、たとえ俺が先に死んでもずっと愛しつづけると誓ったというのに！　ふたりが愛の会話を交わす日々を目の前で見せられた俺は、怒りを抑えきれず、イェンク・ロ・ダニが近寄ると歯をむき

4　七福神のひとり、弁財天。

だして吠えかかってやった。奴はなぜか自分は嫌われていると気がついたが、オ・ディアキラが可愛がっている俺を追いださせるわけにもいかず、近寄ってこなくなった。ある日、オ・ディアキラが一輪の躑躅《つつじ》を摘もうと身をかがめたとき、イェンク・ロ・ダニが彼女の頰に口づけをした。かっとなった俺は、奴の足に思いっきり嚙みついてやったんだ。嚙みついた罰として俺はさんざん棒で叩かれてオヤ・ヌの屋敷から追いだされ、何日間も京都のいろいろな地区をうろついた。それでも、麗しいオ・ディアキラのとなりで過ごす生活に慣れた俺は、彼女と離れているのがつらくて、オヤ・ヌの屋敷に戻ろうとしたがうまくいかず、とうとう、偉大なる神シヴァにあの不実な美女のそばにいられるようにしてくれと頼んだんだ。俺の魂を、もう一度どこかの動物の体に乗り移らせてほしいと。そう願ったとたん俺の魂は仔犬の体を離れて、元気な雀に乗り移った。乗り移るとすぐに翼を広げ、オヤ・ヌの屋敷に向かったのさ。彼屋敷に着くと真っ先にオ・ディアキラの部屋に入り、彼女の周りを跳ねまわった。彼女は座布団に座り、小さな丸い手鏡に向かって一心に細筆で口紅を差していた。俺を見て、びっくりしたように明るい叫び声を上げ、手を差しのべてきた。俺はすぐに彼女の手に捕まえられて、華奢な籐《とう》かごに入れられたのさ。鳥かごのなかで暮らした数か月、毎日、愛しいあの娘が見られて嬉しかった。そのあいだイェンク・ロ・ダニは口説きつづけて、ついに彼女との結婚をオヤ・ヌに申しこんだ。祝宴の日が来て、不実な女は新郎の家へ俺もいっしょに連れて行ってくれたんだが、俺は幸せな新婚のふたりを見ていることに我慢できなくて、二日目にはくちばしで鳥かごを壊して飛びだしたのさ。季節は冬で、街も野原も雪に覆われていた。数日間、俺は寒さと飢えにさいなまれ、ついに苦しみに耐えられず、シヴァ神に向かってまた新しい体に魂を移してほしいと願った。そう願った瞬間、俺の前に、眉を顰《ひそ》めた怒り顔のシヴァ神が現れて、雷のような大音声で怒鳴った。なんてしつこい奴だ、罰としてお前の魂を動物ではなく卑しい品物に乗り移らせてやる、お前は人間の体に戻れるまでそこで待ちつづけるがよい。この厳しい宣託が発せられるやいなや、俺の魂は一枚の布団に乗り移った。退廃と享楽のあの地区にたくさんある娼家のひとつ、ヤンキロの床に敷かれた布団だ。ただしその埋め合わせとして、毎晩一時間だけ俺は以前の姿形に戻ることが許されて、燃える復讐の怨念をこうして満足させているのさ。かつては人間の高貴な体に宿っていた俺の魂は、いまはあの布団のなかで、お前が罪を贖《あがな》って死ぬのを待ち望んで長い一日を過ごしているんだ。夜になると、綱に吊りさげられた小さな赤提灯《あかちょうちん》の光がヤンキロを照らしだし、賑やかな音曲が響いて、街の遊び人と道楽者がその地区に集まってくる。俺は黙って、娼家に暮らす猥《みだ》らな娘たちの乱痴気騒ぎと猥らな踊り、強烈で妖しげな痴態を見ていなければならない。彼女たちは何度も狂気の発作のように興奮して、不幸な俺の魂が宿る布団の上で転げまわり体をくねらせる。俺は、生きていたときにずっと嫌っていたおぞましい場面を目にし、ある意味それに加担するよう、宿命によって強制されているんだ！　京都の由緒ある家柄の末裔《まつえい》であったこの俺が！　さあ、これで、どれだけお前を強く激しく憎んでいるか、そしてお前の意思が原因で俺の幸せは消えて、これまでも今も俺が酷い苦悩を味わいつづけているとわかったか？　俺が救われてふたたび命を手にするには、お前が死ぬしかないと納得したか？」　こう語ると、ファ・ゴア・ニの幽霊は口をつぐんだ。

ファ・ゴア・ニが奇妙な話を語るあいだ、アルベルトは両手で頭を抱えていた。すっかり絶望し、幽霊をじっと見つめて言った。「それじゃあ、ぼくの耐えがたい状況が終わる見こみはまったくないというのか？」

「お前自身の手でけりをつけることだな」幽霊は答えた。

「けりをつけるって、どうやって？」アルベルトは飛びつくようにたずねた。

ファ・ゴア・ニは意地の悪い笑みを浮かべ、壁に掛かっていた拳銃を指し示した。アルベルトは一瞬躊躇したがすぐに決心すると、手を伸ばして拳銃をつかんだ。銃口を額に向けて「ファ・ゴア・ニ、お前の復讐は果たされた！」と叫んで、自分の脳髄を破裂させた。

哀しい銃声が部屋に鳴りひびき、アルベルトがばったり床に倒れたとたん、ファ・ゴア・ニの幽霊はあざ笑いながら姿を消した。

死後の告解

レミージョ・ゼーナ

Title : Confessione postuma
1897
Author : Remigio Zena

猊下《げいか》、どうかご助言とご忠告を授けてくださいませんでしょうか。なんとも言えないほど気が動転しているのです。誰よりも先にあなたにお話しするのは、あなたの慈父のような愛情で、わたしの心に安らぎを与えて欲しいからなのです。ほかの人に話せば、妄想や幻覚にとりつかれた病人だと嘲笑されることでしょう。長年の特別なご厚意の記念に、我らの主たるイエス・キリストの名において、あなたを信じてお願いします。幼いとき、そして若いときにあなたから受けたご厚意は、神の御恵みにより自分がささやかながら教会の軍に加わり[1]、喜びにうちふるえてミサを初めて執《と》り行ったあの日以来、わたしにとって貴重なものなのです。

神父《パードレ》さま、どうか話を聞いて、お導きください。心のなかでわたしは御前にひざまずき、魂のすべてを明らかにします。

神はときとして、その正義と慈悲の不可解で崇高な目的のために自然の法則を破り、人の虚しい知識と高慢と貧困をもってしては理解も説明もできない手段に訴えるものだと信仰が教えてくれます。聖書にもそう書かれていますし、そしてわたしたちの目の前で起きている現在の実例もそう示しています。しかし、悪魔もまた獲物を《クアレンス・クエム・》探し求めて《デヴォレト》[2]いるのであり、人の魂を誘惑するために、尋常ではない手管をしばしば用いるのも事実です。その悪魔の手管は一見して奇跡のように見えて、弱き者、無知な者はたやすく魅了され、罪を犯してしまいます。その証拠が聖人伝で、驚くべき誘惑がいたるところにあります。今日においても、学識豊かな人さえ驚かせる心霊術《スピリティズム》の現象がありますが、ここ数か月の「チヴィルタ・カットリカ」[3]の誌上では、心霊術に対する論戦に勝利し、そこには悪意があり悪魔によって引きおこされると説明しています。いまのわたしは悪に弄ばれているのでしょうか？　これからお話しする奇妙な出来事に――「奇妙」と表現するのは、今のところ適当なことばが見つからないからですが――無知なわたしは罠を見いだすことができないとはいえ、わたしの過ちに対

1　聖職者に任命されること。

2　新約聖書『ペテロの手紙一』第五章八節「あなたがたの敵である悪魔が、ほえたける獅子のように、誰かを食い尽くそうと歩き回っています」。

3　「カトリック文明」一八五〇年に創刊されたイエズス会の機関紙。

する罰として神が恐ろしい誘惑の試練にかけようとしているのではないと誰が保証してくれるでしょうか。

　もうすぐ夜になると思うと怖いのです。磔刑像《たっけいぞう》の前で祈りを捧げ、涙を流しました。神父さま、わたしのためにお祈りください、わたしを導き、慰めてください。今朝、ミサを執《と》り行いながら、心を苛むしつこい悩みを追い払おうとしましたが、無駄でした。ただミサ典文を唱えた数分間だけは、我らが主を前にして聖餐《せいさん》の礼拝に我を忘れ、悩みは消えていました。代禱のメメント[4]にわたしが集中できるよう、浄化の炎に苦しむ魂たちが助けてくれたかのように。

　神の御名において、これまで何度も、父のように優しいあなたの教えのおかげでわたしは心に浮かぶ迷いを克服してきましたが、いまのわたしが、疑念や過剰な憐憫の情が作りだした幻覚の虜だとは思わないでください。自分の感情はよくわかっています。記憶は明確で空白や欠落はありません。この四十時間のできごとを一分ごとに鏡に映すように見かえせるくらい、はっきりと憶えています。そして、自分の行いを頭のなかでひとつひとつ思いかえすたびに、まったく同じ感情に襲われるのです。

いまあなたに宛てて書いているこの同じテーブルで、わたしは一昨日の晩、聖務日課の祈りを終えようとしていました。十一時を少しまわったところでした。マッジョーレ病院の研修医であるわたしの兄は、夜勤でなければとなりの部屋で、いつも夜半過ぎまで勉強してから寝るのですが、そのときは灯りが消えてすでに三十分ほど経っていました。寝る前にこの部屋に入ってきて、明日の朝、大司教さまが病院を訪問されるからお付きの聖職者といっしょにわたしも参加できるだろうと教えてくれて、すぐに部屋に戻っていきました。兄は疲れていたうえに、その夜、担当部署でひとりの女性患者が亡くなったことで、ひどく動揺していました。手の施しようのないチフス熱に罹《かか》ってうわ言を口走るドイツ人の若い娘で、身寄りがなく見捨てられていた彼女を兄は気の毒に思い、初日からずっと特に気を使って治療してきたのです。

わたしはベネディクトゥスの最後の詩行を読んでいました。イルミナーレ・ヒス・クィ・イン・テネブリス・エト・イン・ウンブラ・モルティス・セデント。[5] その女は、たえずうわ言を口走り、神と和解できないまま亡くなったのです。その魂に捧げる代禱として慰めのことばを繰りかえしながら、無限の御慈悲は奇跡を起こしてでも死の

4 死者の魂の贖罪《しょくざい》と冥福のための祈り。

闇を通じて彼女を救うだろうと信じていました。ちょうどそのとき、静寂のなかでとつぜん玄関の呼び鈴が鳴りひびきました。こんな時刻にいったい誰でしょう？　立ち上がって、両手で石油ランプを捧げて玄関の戸を開けに行きました。誰もいません。たいして驚きませんでした。深夜、自室にいるときに、ありもしない物音や人声が、顔のすぐそば、耳元で間違いなくはっきり聞こえたと断言できたのに、後になって妄想に欺かれたと認めざるをえなかったことが、とくに田舎では、それまで何度もあったからです。落ち着いて祈禱の文句を冒頭からふたたび唱えだしました。しかし目の前に祈禱書を開いておいても最初はうまく集中できず、記憶はあいまいで、祈禱書の文章が霧に包まれたように見えないのです。ランプが今にも消えそうになったので、わたしは灯心を伸ばし、しばらくの間、燃え上がった炎をなにかの象徴のようにじっと見つめていました。イルミナーレ・ヒス・クィ・イン・テネブリス・エト・イン・ウンブラ・モルティス・セデント。ウイーンからイタリアに来て孤独のうちに死んだその女性の素性や、彼女がイタリアに来た理由、貧しい青春時代に犯した世俗の罪について、数日前に兄から聞いていました。ああ、神様、それでは彼女の復活の望みはもはやないというのでしょうか？　人間だけでなく神であるあなたからも、そう、あなたからも彼女は見捨てられたのでしょうか？　彼女のために受肉し磔刑を受けた、慈悲深いあなたからも見捨てられたのでしょうか？　わずかでも時間があれば彼女はあなたを知り、贖罪ができたでしょう。無意識の彼女が罪を贖《あがな》うことなく苦痛から死へ至ったとしたら、あなたが流された血による一瞬の光は彼女を永遠に照らさないのでしょうか？

神父《パードレ》さま、静寂のなか、思いがけずまた呼び鈴が鳴りました。前よりもはっきりと。このときは、妄想による聞き間違いではありません。わたしはすぐには動きませんでした。するとランプが突然、誰かが吹き消したかのように消えてしまったのです。向こうの部屋の兄が、おそらく眠りかけだったのでしょう、声をかけてきました。「ピエトロ、玄関を見てこいよ。二回も呼び鈴が鳴ったじゃないか」ということは、兄も一度目と二度目の呼び鈴の音を聞いていたのです。わたしは答えました。「俺が行

5　ベネディクトゥス・ドミヌス・デウス『主なる神をたたえよ』は聖歌のひとつ。新約聖書『ルカによる福音書』第一章七十八―七十九節「また、その（神の）あわれみによって、日の光が上からわたしたちに臨み、暗黒と死の陰とに住む者を照し、わたしたちの足を平和の道へ導くであろう」による。

くから、そのまま寝ていてくれ」そして立ち上がると、ベッド脇の礼拝台にあるマッチと短い蠟燭《ろうそく》を手探りしました。毎朝、階段を降りるときに使うのです。ところが手をぶつけて、小さな十字架像を下に落としてしまいました。猊下、わたしが聖職授与式で、他ならぬあなたから授かったあの十字架像です。暗闇で拾い上げると、落ちたはずみに像の片脚が取れてしまったことに気がつきました。わたしは台に置くことも考えずに、蠟燭に火をともすと、眠りこんだであろう兄を起こさないように静かに玄関に戻って、もう一度扉を開けました。誰もいません！　暗闇で声をかけました。「どなたですか！」返事はありません。間違いありません、きっとどこかのわんぱく小僧が悪戯《いたずら》をしようとして、こっそり階段を上がってきたのでしょう。そんな悪ふざけを始めた以上、放っておけばしばらくやりつづけるに決まっています。わたしは二階上まで上ってから降りてきて、一段一段確認して階段の下まで行きましたが、誰にも会いませんでした。守衛室は無人でしたが、建物の入り口が少し開き、隙間から街灯の反射光が差しこんでいます。そいつは、こちらの考えをとっさに見抜いて、あわてこっそりと逃げだしたのでしょう。狭い隙間から外をのぞくと、壁に張りついて待ち伏せるように、歩道の白い敷石の上でじっと動かない人影があるのが見えました。

尊い神父さま、お信じにならないでしょうし、そのときのわたし自身も自分の目が信じられなかったのですが、そこで待っていた男は兄だったのです。わたしはたずねかけました。いったいどうして下に降りてきたのです？　こんな短い時間で身支度をして、わたしの目に留まらずに前を通りすぎるなんてどうやったのです？　何も答えません。とにかく、その男はクラウディオ、兄のクラウディオでした。一時間前にわたしの部屋に来たときと同じ服でした。たまたま、見知らぬ他人のそら似だという奇妙な偶然があるとしても、彼の目つきだけは疑いようがありません。わたしは不安に駆られて、もう一度たずねました。なんで降りてきたのです？　わたしが見なかったのはどうして？　気分が悪いのか？　付きあってほしいのか？　兄は何も答えません。いや、わたしが聞きとれなかったのです。唇が動くのが見えたので、しゃべっているとわかりましたが、声にはまったく音がなく一音一音は吐息となって消えてしまいました。兄は、氷のような青白い顔でじっと動かずにわたしを見つめてきて、その鈍色の眼はわたしの骨髄に突き刺さるようです。わたしはぞっとして、兄が急に具合が悪くなったのだと思い、手をつかんで家に連れて帰ろうとしました。ところが、わたしがどんなに両手で捕まえようとしても体に触ることができず、影をつかむようでした。

その視線には強い意志がありました。一言も言わず、身振りすらせずに、わたしを見つめたまま、わたしたちの家の向かいの暗い小路へと進みだしたのです。誰かこの人を引き留めてくれと叫ぶべきだったのでしょうか？　通行人に助けを求めようとあがいても、声は思うようにならず喉元で押しつぶされたようにもつれるばかりです。苦しい夢で、一声叫べば解放されるのに、その最後の叫びが出せないようでした。たまに通る人はそれぞれ自分の道を急ぎ、わたしたちのそばを通りすぎても振りかえろうともしません。意識ははっきりしていても、わたしは兄の意志にあらがいようもなく支配され、引きずられて、とりつかれていました。恐怖や不安を感じる間もなく、神秘に従っていたのです。クラウディオは暗闇のなかを先に進み、ついてくるように命じていました！

いったいどこへ行くのでしょう？　兄はわたしの右側で、彫像のように硬く体を強張らせ、少し先を歩いていきます。最初は抵抗したのですが、そのあと、燃える液体のような視線がわたしの頭に滴りおち、圧倒されてしまいました。魔法にかかったのです。喉は鉄輪で締めつけられ、暗示は機械のような強い力となり、初めのような直接的な影響ではないにしても、鎖につながれた犬のようにわたしを引きずっていったのです。狭く入り組んだ小路の迷路はどこも同じで静まりかえり、見分ける手がかりもなく、一度も足を踏み入れた覚えはありません。ときおり教会や記念碑や建物の見覚えのある輪郭が闇のなかでぼんやりと浮かびました。しかし方向感覚がなくなっていて、思いがけない順番でごちゃごちゃに浮かんでは消えるそうした断片は、道しるべになるどころか、いっそうわたしを混乱させました。帽子もかぶらず外套《がいとう》もなく、十一月の夜の冷えきった空気で体は震え、歯が鳴りました。不可思議な心の働きによるものなのでしょうか、わたしが気にしていたのは、寒さや自分が惹きつけられていく神秘ではなく、周りの人々のことでした。神父であるわたしが、そんな時間に、そんな状況で道をうろついているのを見られやしないかと心配だったのです。不思議なことに、歩きながらすれちがった人は誰ひとりとしてこちらを見ようともしません。この部屋の幅ほどしかない狭い十字路にさしかかると、夜更かしして騒ぐ連中が街灯の下にたむろして大声で歌っていましたが、大勢いた酔っぱらいの誰もわたしたちの方を見ず、神父に気づいたそぶりを見せなかったのです。いったいどうしたのでしょう? わたしはそのとき、彼らがちょっかいを出して罵声を浴びせてくるものと覚悟して、自分が持っている十字架像を思いだしました。そして救いを求めたのか、隠そうとしたのか、思わず胸にその像を抱きしめました。

兄のほうは、わたしが後をついているか確認しようと振りかえりもせず一心に歩きつづけています。いま考えれば考えるほど、彼の意志にすっかり屈服してしまった理由がますますわからないのです。その夜の道行きがいったいどこにたどり着くのか、いつ終わるのか、どんな結末になるのか、なぜかわたしはまったく気にならず、目にしていた状況にもかかわらずその異常さを感じていませんでした。何度も曲がったあげく、クラウディオは不意に立ちどまりました。そこは通り沿いに続く大きな建物の壁に隠された小さな扉の前で、扉を両手の掌で押しあけ、わたしたちは通路らしい場所に入りました。遠く、突きあたりの階段の上に明かりがともり、その階段を上ったのです。最初の通路より長く明るい通路を抜けて巨大な柱廊のついた中庭の翼廊を通っていたときだったのかよく覚えていないのですが、向こうからやってきた、似た格好のガウン姿の男ふたりとすれちがいました。わたしたちが目に入らなかったかのように、ふたりはこちらに目もくれずまっすぐ行ってしまったのです。その先の廊下で三人目の男に出会いましたが、やはり同じようにわたしたちに気づかずに、扉を閉めて鍵を掛け、鼻歌を歌いながら遠ざかって行きました。ところが、クラウディオが掌を押しあてただけでその扉は開いたのです。

クラウディオの後ろに続いて、わたしは、人を寄せつけない濃密な闇に立ち向かいました。敷居を一歩越えたとたん、顔に冷気が吹きつけてきます。周りが何も見えないまま、前に進みました。ここまで先に立っていた兄を探して目を凝らしても、その姿は見えません。さらに数歩、適当に進みました。それまでわたしの首を締めていた鉄輪が急にばらばらになったようです。首輪から解放されて、意志と行動の自由を取りもどしたと感じました。クラウディオを二度呼びましたが、返事はありません。闇の海に引きずりこまれ、とりのこされた不安にかられて、兄の名を呼びました。洞窟のなかのように声が大きく響きわたり、自分の声ながらぞっとしました。後戻りして扉を見つけるしかありませんが、闇のなかでとっさに手を伸ばすと、すぐそこにある壁に触れたのです。

壁伝いに進めばもちろん出口の扉に行きつくはずです。ところが何もありません。最初は右手に、それから左手にたどりましたが、壁がどこまでも伸びていて、漆喰《しっくい》の壁は塗られたばかりで湿っています。最初に数歩しか踏みだしていないと確信していながら、どうしてそんなに先に進んでしまったのか自分でもわかりません。すぐに扉にたどりつこうと慌てて混乱していました。扉のことしか頭になく、神すら忘れて、永遠に歩いている気分です。同じ平らな壁面がどこまでも途切れずに闇から闇へと続き、ますます不安がつのりました。残された最後の感覚である触感が誤りでなく、動揺のあまり直線だと勘違いしていなかったのだとすれば、どれだけこの部屋が大きいとしても、閉ざされた狭い空間をこんなに歩きつづけてなぜ四隅のどれかに行きつかないのでしょうか？　とうとう扉にたどりつきました。やっとのことで！　しかし残念ながら、それは厚い石壁に穿たれた窓の深い凹《くぼ》みに過ぎませんでした。それでもかまいません、そこから出られるかもしれませんから。どこまでも続くように思われた石材に塗られた肌理《きめ》の粗い漆喰ではなく、なめらかな板の上を指が滑ります。叩いてみると確かに窓に違いありません。しかし、微かな光も漏れておらず、幕で覆われていてもそれほど漆黒ではなかったでしょう。いずれにせよ、窓枠を開こうとわたしが叩いたり揺すったりした力に窓の錠前が持ちこたえたとしても、叩かれたガラスは砕けていたはずです。

そのときガラスに、夜行列車の車窓に浮かぶ光に似た明るい輝きが現れました。おぼろげな表面に、長くゆがんだ斑点がしだいに浮かんできて、ベッドに寝ている人の形に見えました。最初は、向こう側に部屋があって、だれかがランプをともしたのだと思いました。しかし両手を目の上にかざしてガラスに額をつけてのぞくと何も見えません。後ろを振りかえるとそこに光があり、自分のいる壁龕《へきがん》から数メートル先にひとりの女が横たわっているのが見えたのです。

仰向けの姿勢で、向こう側に足を向けているその人が女だとわかったのは、うなじの下に、鉄灰色の大きなもつれのような豊かな巻き髪があったからです。その顔を見たい、さらに自分がどこにいるのか知りたい気持ちはありましたが、すぐには近寄りませんでした。暗闇の恐怖からようやく抜けだしたばかりのわたしが動揺していたのは、その光景の恐ろしさや驚きからではなく、おそらく子供じみた奇妙な怯《おび》えのせいでした。あのときの気持ちははっきりと覚えています。この女は悪魔がわたしに仕掛けた誘惑なのか? もし、悪魔の仕業でないとして、誰か人がこの場に来たら、寝ている女の隣にいるわたしはどう弁解すればいい？　彼女が目を覚ましたら？

わたしをつき動かしたのは好奇心でした。いやむしろ、わたしを苦しめているこの謎の力に逆らいたいという衝動だったのでしょう。ベッドが占める長方形の空間を照らす光がどこから来ていたのかわかりません。そこだけが照らされていて、ベッドのこちら側と向こう側は一面真っ暗闇でした。奥に硬直した女が横たわっていたのはベッドではなく木製の台で、マットレスも枕もありません。粗い布が顎まで掛けられていましたが、シーツではありませんでした。裸の足が突きだして、布の下では敬虔深く胸の上で手を組んでいると思われます。彼女の顔をのぞきこみました。若い娘です。おそらく二十歳か、もっと若いでしょう。顔色は蠟のような白で、鉄灰色の髪との対比でいっそう白く感じました。閉じた瞼《まぶた》は紫色で、青白い唇が少し開いて歯をのぞかせています。死んでいると思って、背筋が凍りつきました。彼女の体から発する冷気は、わたしの骨の髄までしみわたってきます。そばで見て呼吸を確認しようと身をかがめてみると、死体のような青白さに気がつきました。かすかな吐息すら、頬に感じられません。手を額に当ててみました。間違いありません。女は死んでいたのです。

そこでわたしは神に助けを求めて、ひざまずいて祈りました。神の御業には何ひとつ無益なことはありません。どうして神はその道の不可解な驚異によってわたしを死体の前にお導きになったのでしょうか。それはきっと、果てのない慈愛の奇跡をわたしに示すためです。わたしは持っていた十字架像の前で大声で祈りを捧げましたが、自分のために祈ったのではありません。粗末なその台の縁《ふち》に立てかけた十字架像が、ひとりきりで怯えていたわたしを力付けてくれました。こんな若くして命を落とすなんて、この見知らぬ娘はなんと哀れなことでしょう！　すすり泣きながら祈りを捧げました。わたしが願い、望み求めていたのは直接的で具体的な何かでしたが、それはどこか遠くに感じられ、はっきりつきとめられません。心の底からしつこく浮かんできたのは、葬儀の典礼ではなく臨終の祈りでした。「レスピケ・プロピティウス、ピイッスイメ・パテル、デウス・ミゼリコルス、デウス・クレメンス、スーペル・ハンク・ファムラム・トゥアム・イン・テ・スペランテム、エト・ノン・ハベンテム・フィドゥキアム・ニシ・イン・トゥア・ミゼリコルディア、アド・トゥアエ・サクラメントゥム・レコンキリアティオニス・アドミッテ」（慈悲深い父、憐れみ溢れた神、優しい神よ、あなたに期待し、あなたの慈悲のほかに信じる者のないあなたの僕《しもべ》にお情けをおかけください。あなたの和解の秘儀にこの僕をお認めください）。

娘は目を開きました。

猊下、わたしがこの手紙を少しずつ書き進めて十日になります。数頁書いたあとで、強い眠気に襲われて一瞬記憶が消え、中断してしまいました。夜になると、怯える子供のようにひとりでいるのが怖くなります。貧しい罪人《つみびと》であるこのわたしが、どのような功績によって神から選ばれ、復活の奇跡を目にしたのか、この十日間、自分に問いかけているのです。しかもそれを目の前で目撃しながらわたしはまったく驚かず、何一つ自然を逸脱していないかのように、落ち着いて眺めていたのでした。

開かれた目はまだ死の最中を漂っていて、淡い光にさえ傷ついてすぐに閉じてしまいました。わたしは心配になりました。ずっと待っていると、彼女は夢から覚めて驚いたようにふたたび目を開き、何かを思い起こして怯えているようです。わたしは弾かれるように立ち上がって、もう一度、女の額に手を当てました。するとその全身に痙攣《けいれん》が走りました。焦点の定まらない瞳は、まるでわたしの目に逃げこもうとするかのようにじっと見つめ、信じてすがろうと何とも言えない表情を浮かべています。永遠の罰を目にしてきた女の魂は、告解することで救われると認めたと言ってよいのでしょうか?

その震える唇は、どうにか秘密を打ち明けようとしているように見えました。

「答えなさい。救い主が生きていると信じますか。最後の審判の日にあなたは地から立ち上がり、その目で彼を見て、あなたの辱《はずかし》められた遺骸は彼の前で歓喜するだろうことを。彼が再生であると信じますか。救い主は復活であり、いのちであり、救い主を信じる者はたとえ死んでも生きつづけ、永遠に死ぬことはないと信じますか」わたしはきっぱりこうたずねました。そのあいだ瞬きもせずにわたしの目をじっと見つめていた女は、硬直した体の抵抗に打ち勝ちました。穏やかな落ち着きを取りもどした唇の動きから、わたしは女が答えようとしていると察したのです。しかしあまりにも小さな声で聞きとれません。その体の上に身をかがめ、耳を近づけました。はじめは不明瞭なささやきすら感じなかったのですが、そのあとで、ため息が、いや、ため息ですらない息が漏れました。水晶を曇らせないほどかすかな吐息でしたが、そこには音があり、音節の形がありました。こうして、それまで聞いたことがないのに自分の言語と同様に理解できる言語で、わたしはあの世の告解を鮮明に、はっきりと完全に聞きとったのです。

告解者に十字を切り、神聖なる父と子と聖霊の御名において彼女を赦罪する秘跡のことばを告げたとたん、女の虹彩《こうさい》はわたしを見ることをやめ、唇はもはや何も語らず、ふたたび体は固まりました。もう何も起こりません。すっかり忘れていたクラウディオがふいに闇のなかから死体の足元に現れて、こちらを見ていました。わたしを後ろに従えた彼が闇の壁に向かって歩きだすと、闇は幕のように左右に分かれて、わたしたちの通り道を作りました。その場まで彼の意志によって連れてこられたように、やはりそこから連れだされて同じ道をたどりました。先導する彼の姿がふたたび消えたと思うまもなく、自分が住む通りのとば口にいると気づいたのです。手探りで階段を上りました。入口の扉は、出て行ったときのまま半開きでした。自分の部屋に続く廊下でつまずいて椅子を蹴倒してしまい、兄の部屋から、びっくりして目を覚ました声が聞こえてきたのですが、あれは兄の声ではなかったでしょうか?

こうなると神父さま、あなたは、わざわざあなたのお手間を取らせることではない、女子供のような夢物語を逐一話して時間を無駄にし、煩わせるまでもないとおっしゃるでしょう。まったくありもしない幻想で、病院の女性患者についてクラウディオから話を聞いて、わたしの心に引き起こされた動揺が生みだしたものに違いないと。わたしも夢だと思いました。そして翌朝目を覚ますと、書き物机に座り、ベネディクトゥスの頁が開かれた祈禱書を目の前にして、無理やり夢だと思いこもうとしたのです。無邪気にもそう思いこんで、状況を何ひとつ確認せず、兄に話もしませんでした。気がつきませんでしたが、一見して強気な態度は、自分の間違いを思い知らされる恐れに他ならなかったのです。疲れきって熱にうなされ、誘惑と苦悩にたえず悩まされながらミサをぞんざいに執《と》り行ったあと、クラウディオをひとりで行かせる決心がつかずに、彼に付きそいました。病院の玄関でいっしょに大司教さまを待ち、病院を訪問するその一行に加わったのです。クラウディオは塞《ふさ》ぎこんで、ことば少なでした。歩きながらきいてきました。「昨日の晩、呼び鈴を二回鳴らしたのは誰だった？　わたしに用があったのか？」

大司教さまは、聖職者たちと理事会役員、医師、研修医といっしょになって広い病室をひとつひとつゆっくり巡回し、とくに各病棟の重病人の枕元で足を止めて慰めと祝福を与えると、中庭へ降りました。わたしたち全員が入った場所は、陰気な大広間で、光の差しこむ大きな窓に鉄格子《てつごうし》が付いています。いまいるここは何の部屋ですかとわたしがたずねると、若い助手が、ふざけるような嘲《あざけ》るような口ぶりで教えてくれました。「エデンにいるのですよ」木製の台に五人の遺体が並び、粗布が掛けられています。通夜があった遺体で、埋葬を待っているのでした。大司教さまは遺骸の顔を見たいとお望みになり、棺覆い代わりのその粗布を雑用係たちがめくってその顔を見せました。男が四人、女がひとりでした。

昨晩、わたしが告解を聴いたのがその女であり、その胸にわたしの十字架像が置かれているのを見たと言わねばなりません。

枢機卿はよく響く声で交誦を唱えました。「私は復活であり、命である《エゴ・スム・レッスレクチオ・エト・ヴィータ》[6]」

6 新約聖書『ヨハネによる福音書』第十一章二十五節「イエスは言われた。私は復活であり、命である。私を信じる者は、死んでも生きる」。

黒のビショップ

アッリーゴ・ボイト

Title : L'alfier nero
1867
Author : Arrigo Boito

チェスを指せる人なら、チェス盤を用意して目の前に駒をきちんと並べて、これからわたしが物語る光景を想像してみてもらいたい。

白番を指す側にいるのは、賢そうな男だ。眉のすこし上、ガル[1]によると計算能力を司るとされる額の部分が、大きくふたつ盛りあがっている。真っ白なあご鬚《ひげ》をふさふさと伸ばしているが、アメリカ人によくあるように口髭《ひげ》は剃りあげている。服は上下とも白く、夜で蠟燭《ろうそく》の灯りだというのに濃い色の鼻眼鏡《パンスネ》を掛けて、レンズ越しに盤を注視している。黒番は黒人、まぎれもないアフリカ人で、分厚い唇、髭のない顔、羊頭のような頭、縮れ髪をしている。ずる賢さ、頑固さを示すふたつのこぶが目立っている。相手との戦いの盤上にうつむいていて、眼をうかがうことはできない。服は喪服のように漆黒だ。白番の白人と黒番の黒人、知力を競っている正反対の色のふたりは黙ったまま身じろぎもせず、不気味で、どこか荘厳な、宿命を思わせる雰囲気が漂っている。

彼らはいったい何者か、それを知るには、六時間ほど時間をさかのぼり、スイスの有名な温泉保養地のなかでも最高級のホテルの読書室で、滞在客が交わした会話に耳を傾けなければならない。黄昏時で、いわゆるフランス語で言う「犬と狼の見分けがつかなくなる」時刻だ。ホテルの係員はまだランプをともしておらず、部屋の家具も会話を交わす客も、ますます濃くなる暗がりに沈んでいき、新聞各紙が置かれたテーブルの上ではアルコールで燃え盛るサモワールが煮えたぎっていた。そうした薄暗がりで会話は弾《はず》んだ。相手の顔は見えず、声だけが聞こえた。こんなやりとりだ。

「今日、到着客の名簿にモラント・ベイ[2]出身の野蛮人の名を見ましたぞ」

「まあ、黒人ですって、いったい誰でしょう」

「わたしは見ました、奥さま、まさにサタンそっくりです」

「わたしはオランウータンかと思った」

「そばを通っていったとき、顔を黒くした殺人犯だと思いました」

---

1 ドイツの医師で解剖学者、骨相学者フランツ・ヨーゼフ・ガル(一七五八―一八二八)。
2 当時英領ジャマイカの町。

「みなさん、わたしは彼を知っております。その黒人は世界一の紳士だと保証いたします。彼の生い立ちをご存じでないのでしたら、手短かにお話ししましょう。モラント・ベイ生まれのその黒人は、幼くしてヨーロッパに連れてこられました。ある投資家が、アメリカでの奴隷取引がやっかいになり儲《もう》けが上がらないのを見て、ヨーロッパでささやかな馬丁《グルーム》の取引をしてみようと思いたったのです。かつての自分の奴隷の子供を三十人ほどひそかに運んできて、ロンドン、パリ、マドリードで、ひとり二千ドルで売りました。その黒人は、このときの三十人の馬丁のひとりなのです。運よく、彼は身寄りのない老貴族の手に渡りました。貴族は、五年間、馬車の面倒を見させていましたが、少年が誠実で賢いことに気がつくと、従僕に取り立て、さらには秘書に、それから友人とし、亡くなる際には自分の全財産の相続人としたのです。今ではこの黒人は（貴族が亡くなるとイギリスを離れてスイスに移住しました）、ジュネーブ州でも屈指の大金持ちで、すばらしいタバコ農園を所有し、秘密の乾燥法を用いて国で最高級の葉巻を生産しているのです。ほら、ごらんなさい、わたしたちがいま吸っているこのヴヴェイ葉巻[3]は、彼のところで作られた品です。円錐部の途中に刻まれた三角形の印でわかります。この良き黒人は慈悲深く寛大で、ジュネーブの人々からトム、アンクル・トム[4]と呼ばれています。農民から称賛され、褒めたたえられています。でも彼は独り暮らしで、友人や知り合いを避けています。モラント・ベイに弟がひとりいるだけで、身寄りはいません。まだ年は若いのですが、酷い結核に徐々に冒されつつあり、毎年、温泉療法のためここを訪れるのです」

「可哀そうなアンクル・トム！　今ごろモンクランド[5]で、その弟はギロチンに掛けられているかもしれません。植民地の最新情報では、奴隷たちの大規模な反乱が英国総督によって厳しく弾圧されたという話です[6]。タイムズ紙の最新号に報じられています。『反逆分子六百人を率いて反乱の先頭に立ったガル・ラックという名の黒人を、女王

3　スイス西部ヴォー州の町で、レマン湖畔に位置する。
4　黒人を名指す際にハリエット・ビーチャー・ストウ（一八一一―一八九六）の小説『アンクル・トムの小屋』（一八五二）の主人公の名「アンクル・トム」を用いるのは、現在の黒人社会での受け取られ方を鑑みれば不適切であるが、一八五三年に同作がイタリア語に翻訳されたことを踏まえてのものだと思われる。
5　注2モラント・ベイと同じくジャマイカの町。
6　一八六五年十月十一日、ジャマイカで起きた「モラント・ベイの暴動」。総督エドワード・エアは暴動を起こした黒人を虐殺した。

陛下の軍隊が追跡中』だとか」

「ああ、なんということでしょう！」女の声がした。「白人と黒人の死闘はいったいいつになったら終わるのかしら⁈」

「けっして終わりはしません」暗がりから誰かが応じた。みんなは、誰が言ったのか見ようと振りかえった。肘掛椅子に身を横たえていたのは、紳士気取りとは明らかに異なる、本物の紳士らしい優雅な身のこなしの男性で、純白の服が暗がりにくっきり浮かんで見えた。

「けっして」みんなに注目されているのに気がつくと、彼はことばを繰りかえした。「けっして終わりはしません。なぜなら神はハムとヤペテの人種のあいだに憎しみを置いたからです。[7]神が昼の色と夜の色を分けたからです。ふたつの色の猛烈な対立の例をお聞かせしましょうか。

「三年前、わたしはアメリカにいて、やはり大義のために戦いました。[8]南部で大勢の黒人を所有してはいましたが、わたしも奴隷たちの自由を、鎖と鞭の廃止を求めたのです。わたしの奴隷に銃を渡して言いました。君らは自由だ。青銅の銃と鉛の弾がここにある、よく狙って、しっかり撃て、君らの兄弟たちを解放せよと。射撃訓練のため所有地に的を設けました。白い円のなかの、頭くらいの大きさの黒い点です。奴隷の視力は鋭く、がっしりした腕は力強く、狙う本能はまるでジャガーのようで、つまり優秀な射撃手としての素質をすべて備えています。それなのに、そこにいた黒人の誰ひとり的に当てることができず、銃弾はどれも的を逸れました。ある日、奴隷たちの頭《かしら》がわたしに近寄って来て、比喩めいた不思議なことばづかいで教えてくれました。『ご主人さま、色を変えてください。あの的は黒い顔をしている。白い顔にしてもらえたらきっちり当ててみせます』と。わたしは色の配置を変え、中心を白くしました。するど、五十人いた黒人のうちの四十人が、こんなふうに撃ちぬいたのです……」

そう言うと、語り手は卓上にあった室内射撃用の小さな拳銃を手にして、暗がりのなかで精いっぱいの狙いをつけて、向かい側の壁に掛かっていた的に向かって発砲した。女性たちは悲鳴を上げ、男たちは火に駆けよってサモワールを手に取ると、射撃の結果を間近で確かめた。コンパスで円を描いたように中心に穴が開いていた。みん

7　ノアの息子ハムの子孫から黒人が、ヤペテの子孫から白人が生まれたとされる。
8　奴隷制の存続をめぐる南北戦争（一八六一―一八六五）。

なは驚嘆して男を見やった。彼はいきなり発砲したことを非常に丁寧に女性たちに謝ると、こうつけくわえた。「少々騒々しいところをお見せして締めくくりたかったのです。さもないと、信じてもらえなかったでしょう」そのことばを疑う者はいなかった。

それから話を続けた。「しかし、黒人の自由のために戦いながら、黒人は自由にふさわしくないと気がつきました。彼らの知能は鈍く、本能は凶暴です。解放奴隷のフリジア帽[9]は猿の額に乗せるべきではありません」

「教育を授けておやりなさいな」婦人が応じた。「そうすればその額は広がるでしょう。でもそのためには圧政によって奴隷として抑えつけるのではなく、侮蔑から自由にしてやらなくては。家を開け放ち、彼らをテーブルに、集会に、学校に迎えいれ、手を差し伸べてあげたらどうでしょう」

「奥さま、わたしはそのことに生涯を捧げてきました。わたしは新世界のディオゲネスのようなものです。黒い人間を探しもとめながら、今まで獣しか見いだしてきませんでした[10]」

このとき、戸口に、あかあかと光を放つ大きなランプを持ったボーイが現れた。一瞬で部屋全体が明るくなった。そのとき、隅にじっと座っているアンクル・トムの姿が見えた。

彼が部屋にいたことを誰も知らなかった。その姿は闇に隠れてしまったが、みんなが彼を目にして、長い沈黙が訪れた。居合わせた者の視線は、黒人からアメリカ人へと向けられた。アメリカ人は立ちあがり、ボーイに耳打ちすると腰を下ろした。沈黙が続いた。ボーイがシェリー酒のボトルと杯をふたつ持って戻ってきた。アメリカ人は杯を縁まで満たし、ひとつを手に取った。ボーイがもう一方の杯を黒人に渡した。

「ご健康を祝して！」アメリカ人は黒人に向かい、英国式の作法に従って杯を掲げた。

「ありがとう。ご健康をお祈りします」黒人は答えて、ふたりは飲み干した。黒人の声は、おずおずとして優しく丁寧で、深い悲しみが感じられた。そのわずかなやりとりのあと、黒人はふたたび黙りこみ、立ちあがると、新聞のテーブルからタイムズ紙の最新号を手にとって、十分間、熱心に読みふけった。

9 フランス革命の際、自由の象徴となった三角帽子。
10 古代ギリシアの哲学者ディオゲネスは日中にランプをともして歩きまわり、何を探しているのかと問われて、人間を探していると答えた。

会話を続ける機会を探していたアメリカ人は、トムが読んでいる片隅へ行くと、丁寧な物腰で話しかけた。「あなたにとって明るい話題はその新聞には何もないでしょう。何か気晴らしになることでもしませんか」

黒人は読むのをやめ、恭《うやうや》しくも威厳を保って、相手の前に立ちあがった。「まず、握手させていただけますか」と相手は言った。「サー・ジョージ・アンダーセンです。ハバナ葉巻はいかがです」

「ありがたいですが、やめておきます。煙はわたしの体に良くないのです」

そこでアメリカ人は口にくわえていた葉巻を脇に置いて、またたずねた。

「ビリヤードなどいかがでしょう」

「それはできません。お言葉は嬉しいですが」

「チェスはどうですか」

黒人はためらってから答えた。「ええ、それならお受けしましょう」ふたりは部屋の反対側の隅にある小卓に向かった。椅子を二脚置き、向かい合って腰掛けた。アメリカ人は、盤に並べようとして、駒を卓の緑色の布の上にあけた。盤は、四角い木片を雑に組み合わせたありふれたものだが、駒はまさに芸術品だった。白の駒は最高級の象牙、黒は黒檀で作られていて、白のキングとクイーンには黄金の冠が、黒のキングとクイーンには銀の冠があり、四つの塔《ルーク》[11]は、古いペルシアのチェスのように、象に支えられている。細かな細工のせいで駒はもろかった。アメリカ人が卓に駒をあけたときの衝撃で、黒のビショップ[12]がふたつに割れてしまった。

「ああ、残念な！」トムは言った。

「何でもないことですよ」相手は答えた。「すぐに直せますから」立ちあがって書物机に近寄ると蠟燭をともし、赤いラッカー蠟のかけらを手にして炎で温めると、巧みにビショップの破片に塗ってつなぎあわせた。修復した駒を相手に手わたし、微笑みながら言った。「さあ、付きました！　人間の首もこんなふうにくっつけられたらいいでしょうね！」

「今日のモンクランドでは、そうして欲しい人が大勢いることでしょう」陰のある微笑みを浮かべて黒人は応じた。その言い方にアメリカ人は、驚きと同情、不快と嫌悪

11　ペルシア語ルック（戦車）を語源とするルークは、イタリアではトッレ（塔）と呼ばれる。
12　僧帽で表されるビショップ（僧正）は、イタリアではアルフィエーレ（旗手）であり、その語源はアラビア語のアル・フィール（象）にさかのぼる。

を感じた。トムは続けた。「どちらの色を持たれますか?」

「どちらでも結構です、好みはありません」

「あなたがどちらでもとおっしゃるのなら、それぞれ自分の色にしましょう。よろしければわたしが黒番ということで」

「ではわたしは白番で。おおいにけっこう」

そしてふたりは駒をマス目に並べはじめた。どちらも同じくらいに親切で、互いの駒を並べるのを手助けした。黒人が手元にあった白のポーンを並べると、白人は黒の駒を配置してやった。ふたりともに並べおえると、アンダーセンが言った。「言っておきますが、わたしはかなり強いですから、いくつか駒を落としましょうか、なんならルークでも」

「いや、結構です」

「ナイトひとつでは?」

「いや、それもいりません。たとえ力の差があっても同じ武器が好ましい。お気遣いは嬉しいですが、そうしたハンデなしに戦いたいものです」

「ではそうしましょう。初手はあなたから」

「くじで決めましょう」

黒人は両手に黒のポーンと白のポーンをひとつずつ握って、アメリカ人に選ばせた。

「こちらを」

「白が先手です。始めましょうか」

そのあいだ、部屋にいた人たちはひとりひとり、その小卓に近寄って行った。

そのなかに、アメリカの有名なチェスプレイヤー、ジョージ・アンダーセンの名を知っている者がいて、始まろうとしている光景を特に特別な興味を持ってながめていた。元英国貴族でワシントンに移りすんだジョージ・アンダーセンは、チェス盤上で巨万の富を築いていた。すでに若くしてハルヴィッツ、ハンペ、セーンら、当時の最強の指し手を破っていた。[13] あわれなトムが競おうとしていたのは、そういう男だった

13 当時の有名なチェスプレイヤー、ドイツのダニエル・ハルヴィッツ（一八二三―一八八四）、スイスのカール・ハンペ（一八一四―一八七六）、ハンガリーのヨゼフ・セーン（一八〇五―一八五七）。ジョージ・アンダーセンのモデルは、ドイツのアドルフ・アンデルセン（一八一八―一八七九）とアメリカ合衆国ニューオーリンズ生まれのポール・モーフィー（一八三七―一八八四）とされる。一八五八年パリでモーフィーは世界チャンピオンのアンデルセンを破った。

のである。

アンダーセンが最初のポーンを動かす前に、黒人は卓上にともっていた蠟燭を手にして、右から左に移した。その仕草に気づいたアンダーセンは、びっくりして考えた。「こいつはルセナの『チェスの技術』[14]を読んでいるに違いない。夜に蠟燭の灯りで指す場合、灯りを左側に置くほうが目が疲れにくく、それだけでも相手に対して大きな有利になるという忠告に従っている」そう考えながら色付き眼鏡を取りだして鼻に掛け、そして初手を指した。それから、周りに集まっていた人たちに向かって、何気ない様子で陽気に説明した。「チェスの試合の最初の数手は会話のきっかけみたいなものので、こんなふうに似たり寄ったりです。白のポーンが二歩、黒のポーンが二歩、それからキングのギャンビット[15]、といった具合にね」こうしておしゃべりしながらさっさと二手目を指してキング側のビショップの前にあるポーンを二歩進め、相手がそれを取るのを待った。黒人はそのポーンを取らずに、変則的な手を選び、キングのビショップをクイーン側の三段目に上げて自分のポーンを守った。この指し方にもアンダーセンは少々面食らって、考えた。「こいつはポーンを大事にする。ポーンこそがゲームの魂であると言ったフィリドール[16]のシステムに従っているな」

それからオープニングの五、六手が進んだ。ふたりの指し手は、攻撃をしかける軍隊のように、殴りあいの前に睨《にら》みあうボクサーのように、互いに相手に探りを入れていた。勝利に慣れたアメリカ人は敵をまったく恐れていなかったし、教育を受けたとはいえ、黒人の知能は、白人の知能には、ましてや勝利者中の勝利者であるジョージ・アンダーセンの知能には、遠く及ばないと知っていた。敵のわずかな兆しを見逃《みのが》さなかったが、どこか不安を感じて相手に視線を引きつけられ、思わず盤面よりその顔を眺めた。最初から、黒人の指し手は非論理的で、手ぬるく混乱しているとわかったが、その眼差しと額の動きに奥深い何かがあることも見抜いていた。白人の目は黒人の顔を見て、黒人の目は盤面を見ていた。全部で七、八手しか指していなかったが、ふたつのシステムが真っ向から対立しているのは明らかだった。

アメリカ人の前進は、堂々として対称形を保っていて、大軍勢が大規模な戦闘に備えて展開を始めるのに似ていた。力の基礎である秩序が、白の駒のゲーム全体を支え

14　十五世紀末スペイン人ルイス・デ・ルセナが著した西洋初のチェス教本。
15　ポーンを犠牲にする序盤の手のひとつ。
16　フランスの音楽家でチェスの名手フランソワ＝アンドレ・フィリドール（一七二六―一七九五）。

ていた。昔の人がチェスの土台と呼んでいたナイトは、ひとつは右端に、他方は左端に位置している。キングのポーンが築いた前哨をふたつのポーンが両脇から支えていた。一方からはクイーンが、反対側からはキングのビショップが圧力をかけ、もうひとつのビショップはキングの二マス前で、ポーンの後ろから中央を制圧している。白のポジションは、シンメトリーというか幾何学的だった。象牙の駒を並べた人物は、遊戯ではなく科学として考えていた。その腕は確実に動き、誤ることなくチェックをかけ、筋道を進んでは、黒板に問題を書く数学者のように落ち着きはらって、狙った場所で止まる。白のポジションはすべてを攻撃し、すべてを防御していた。敵の行動を非常に狭い範囲に押しこめ、いわば締めあげているという意味で、恐るべきものだった。読者は、前進する生きた壁を想像し、この分厚く堅牢な壁と盤の端とのあいだで黒が押しつぶされている様子を考えてみてほしい。

ときとして、命のない物が人間的な態度を示すように見えることがあり、ちっぽけなものが周囲の状況に応じて表現豊かなものに変わることがありうる。黒の軍勢を構成している黒檀の駒は、白の駒の恐るべき襲撃を前にして悲劇的な絶望を感じているように見えた。ナイトは怯《おび》えて攻撃に背を向け、ポーンたちは隊列から離脱し、慌ててキャスリングしたキング[17]は狭い隅に逃亡した恥辱を悔やんでいるようだ。トムの夜のように黒い手は、震えながら盤上をさまよった。

アメリカ人側から見たゲームの状況はこうしたものだった。陣地を変えてみよう。黒人の側から見ると、ゲームの様相は一変した。白のオープニングにおけるバランスのとれたシステムに対し、黒人は混沌たるシステムで対抗した。相手がシンメトリーに並ぶのに対してこちらはぐちゃぐちゃに固まり、向こうが攻防のバランスに力を注いでいたのに対して、一手ごとにますますアンバランスになっていった。不均衡になればなるほど、それ自体が、白の駒に対する勢力、脅威と化した。それは城壁に向けられた投石器、歩兵方陣に対する散兵攻撃のような脅威だった。白の移動壁が前進すればするほど、黒人の砲弾は強力になる。ふたつの軍勢はたがいに拮抗し、駒ひとつ、ポーンひとつとして欠けてはいなかった。この点で双方のこだわりには容赦ないものがあった。当初、アメリカ人は、敵のポジションを、不運なトムが怯えて慌てたこと

17　キャスリング（入城）とはチェスの特殊なルールで、一手でキングとルークを同時に動かしてキングを安全な位置に移動させることができる。

から生じた、混乱した不具合としか見ていなかったが、まさにその不具合のせいで、そのポジションに対して正面から決定的な攻撃ができないように思われた。しかし、黒人はその混沌をそれ以上のものと考えていた。奴隷として持って生まれた戦略のすべて、アフリカの狡猾さのすべてが、そうした一連の指し手に凝縮されていたのであった。その混沌は不意打ちを隠すために巧妙に企まれたもので、ポーンたちは敵を欺いて敗走するふりをし、ナイトは怯えを、キングは逃亡を装った。

そのアンバランスには中心があり、反乱には首領が、混乱にはひとつの観念があった。初めからトムがクイーン前の三段目に置いたあのビショップこそが、その中心であり、首領であり、観念だった。ルーク、ナイト、さらにクイーンでさえ、そのビショップを取り囲み、付き従い、守っていた。ふたつに割れてアメリカ人が直した例のビショップだ。血のように赤い蠟の線が額に走り、側面から垂れて首を取り巻いている。その木製のピースは見ていていかにも雄々しく、傷つきながらも死ぬまで闘おうとしている戦士のようだ。血に染まった頭は、がっくりと胸にうな垂れて、指している黒人と同じように宿命のチェス盤を見ていた。黒人は、伏し目がちに敵をうかがって、相手の攻撃を我慢づよく待っているのか、それとも攻撃について謎めいたもの思いにふけっているかのようだ。トムの脳のなかでは、それが試合を「印《しる》された駒」[18]だった。彼の鋭くて豊かな想像力のなかでは、黒のビショップの足元から二本の筋が広がり、それが木のチェス盤《ダイアグラム》に深く潜りこんで、敵のあらゆる妨害をかいくぐり、白の陣営の両隅まで二列の地雷のように達していた。彼はどきどきしながら、自分の秘めた考えを展開させるために、敵のただひとつの手、キャスリングを待っていた。それがなければ、彼の計画はすべて失敗に終わるだろう。しかし、アンダーセンがその手を省くのはほぼありえなかった。隠された陰謀を見ていたのはトムだけであり、世界中のプレイヤーのだれひとりとして、その陰謀を見抜けなかっただろう。白の幅広く調和のとれた発想に対して、黒はこの「強迫観念」、すなわち「印されたビショップ」を持って立ち向かった。白の勢力の全面的な秩序に対して、黒の駒は穴だらけの集団として対峙し、開放的で自然な指し手に対して謎めいた偏執狂《へんしつきょう》的な手で対抗した。アンダーセンは科学と計算によって戦っていたが、トムはひらめきと偶然にたよっていた。一方がワーテルローの戦い[19]だとすれば、相手はサン゠ドマングの反乱を

18　ハンディキャップとして、チェックメイト（詰み）のために指定された駒。

率いていた。「黒のビショップ」は、その反乱の首謀者オジェ[20]であった。

ゲームが始まってすでに二時間が経過していた。夜の九時ごろで、女性たちは、チェス盤を見ているのに飽き飽きして離れていき、他のことを始めていた。刺繍《ししゅう》をするものもいたし、射撃用拳銃に弾をこめて小さな的を狙って撃ち興じた。

ふたりのプレイヤーはその場所にじっと動かずにいた。アメリカ人はまだチェックメイトが見えず、黒人の野性の戦術を理解せず、退屈して、自分の余計な親切心からゲームを始めたことを後悔しはじめていた。たとえ負けたとしても試合を早く終わりにしたいと思っただろう。しかし一方で、人種としての自尊心からそれはできなかった。白人であり紳士階級に属する自分が奴隷に負けるわけにはいかない。そのうえ、優秀な選手としての自覚と長年の経験が、うかつな手を指すことを許さなかった。

十五手目になって、まだ自分のキングがキャスリングをしていなかったと気がつき、両手を上げて、左手でキング、右手でルークをつかんで、動かそうとした瞬間、黒人の目に嬉しそうな期待の光がきらめくのを感じて、その理由は見抜けなかったが駒をふたつ宙に浮かべたまま手筋を検討して躊躇した。トムの目は喜びと不安を浮かべ、つかんでいる駒の象牙のように白い手のかすかな動きも逃すまいと注視していた。動揺したアンダーセンが、ふたつの駒をもとあった場所に戻しかけると、黒人は激しく叫んだ。

「触レタ駒ハ動カス駒[21]」

「そうでしたな」

丁寧ながらいらっとした口調で答えたアンダーセンは、はっきりした理由はわからないまま、その手を避ける口実をどうにか見つけようとしていた。しかし触れた駒はふたつあり、ふたつとも動かす必要があった。ゲームの規則は明確で、キャスリングするしかない。専門用語でいう「カラーブリア流」にキャスリングした[22]。つまりルークをビショップのマスに、キングをナイトのマスに動かした。そして敵の顔をじっと

19　一八一五年ベルギーで、フランスのナポレオン一世が、英蘭連合軍、プロイセン軍と戦い、複雑な戦略を展開するが敗北する。
20　「ハイチ革命」（一七九一―一八〇四）のきっかけになるカリブ海の仏植民地における黒人奴隷の反乱を率いたヴァンサン・オジェ（一七五五―一七九一）。一七九一年に処刑された。
21　一度触った駒は動かさねばならないというルール。
22　十七世紀南イタリア、カラーブリア出身のジョアッキーノ・グレコが好んだやり方で、キングサイド（白の場合、盤に向かって右側）にするキャスリング。

みつめた。あれだけ期待し待ち望んだ手がなされたのを見た黒人は、これまでにもまして、「印されたビショップ」を強烈に見つめると、興奮と熱帯生まれの性格からかっとなって、昂ぶりが顔に浮かぶのを隠そうともしなかった。黒のビショップから白のキングへと視線を走らせ、チェス盤に溝を刻みつけようとしているかのように、二十回も行き来を繰りかえした。アンダーセンはその視線の往復を見てたどり、黒いビショップに気がついて、すべてを見抜いた。しかし気がついた様子はまったく顔に出さなかった。とはいえトムはアメリカ人の顔を見ることはなく、ずっと彼に取りついている「強迫観念」にますますのめりこんでいた。トムはその部屋のなかでチェス盤しか目に入っておらず、その盤のなかのひとつの駒しか見えていなかった。その小さな四角形、黒檀の造型物以外、彼にとっては何も、そして誰も、存在していなかった。握りしめたこぶしで剛毛をつかんで頭を支え、肘を卓の縁に乗せていると、こめかみの皮膚が手首の圧力で引っ張られて額の肌が持ちあがり、不自然なほど瞼が開いて、不透明で真っ白な目がのぞいた。彼はたっぷり四十分その体勢のまま動かず、じっと食いいるように勝ちほこった様子だった。そして攻撃を開始した。敵のポーンを取り、自分のナイトを犠牲にした。アメリカ人はその一撃を予想していた。火ぶたは切られたのだ。その最初の砲撃にアメリカ人も反撃し、黒のポーンを取って、自分のルークを犠牲にした。五、六手が立てつづけに激しく指されて、そのとき初めて本当の戦いが始まった。すでに戦闘から外されたポーンと駒は、戦闘初期のトロフィーのように盤の左右に並んだ。ずっと脅威だった攻撃が激しくなり、どちらの側も隊列はまばらになって、犠牲になった駒が新たな犠牲を引きおこした。白は白の、黒は黒の駒の復讐を果たした。白の駒は相手を取っては自分も相手に取られ、黒の駒は攻撃しては白によって打ちとられた。これほどまでにタリオの法[23]が徹底的に称えられたこともなかった。アンダーセンも興奮してきた。彼はすべて予想し、すべて読み切っていた。トムの策略を発見するとすぐ、トムが宿命的な一撃を思い描いていた四十分の間にその意図を読みとり、その指し手に対して一駒、一駒動かしながら、間違いなく黒人にとって魅力的な、都合のよい駒の配置に向けて導いていった。ただしその盤面に達するには、黒は例のビショップを犠牲にしなくてはならない。アンダーセンは、ビショップが盤上から消えてしまえば、トムは指しつづけられないだろうとわかって

23　目には目を歯には歯とする報復律。

いた。

昆虫がさなぎを二度作れず、思想家がひとつの概念を始めから作りなおせないように、戦士は最初に戻って戦闘をやりなおすことはできない。アンダーセンは、目の前の敵についてそんなことを考えていた。

アンダーセンが待ち構えていた分岐点にさしかかると、トムは一瞬もためらうことなく、有利な駒の配置を断念して、ビショップの代わりにナイトを犠牲にし、双方のクイーンを倒すよう相手に強いた。試合は一変した。

接戦の密集状態は終わり、敵陣に多数の死体が積み重なり、チェス盤はほとんど空になった。大軍勢の勇ましい勢いに代わって、最後まで生き延びた者たちの激昂が支配した。戦闘は決闘に移った。白軍に残ったのはふたつのナイト、ひとつのルーク、キング側のビショップで、黒人の側には三つのポーンとあの「印された」ビショップが残っていた。

十一時だった。黒が負けを認めるべきなのは誰の目にも明らかだった。見ていた人たちは試合の結果を見て、ふたりのプレイヤーにあいさつし、アンダーセンに向かって勝利を祝うと部屋を出て寝に行った。

われわれの登場人物ふたりだけが差し向かいで残った。

アンダーセンは黒人に言った。「もうそろそろよろしいでしょうか?」

黒人は叫ぶように言った。「いや、まだ!」一手指して、動揺して手を変えようとした。

アンダーセンは相手をさえぎると、皮肉をこめて言った。

「升ニ触レタラ駒ハソノママ[24]」

トムはそのことばに従った。ふたりは、まるで墓場のような完全な沈黙に沈んだ。勝利を確信したアンダーセンはふたたび退屈してきて、頭はふらふらし、眠くてぼうっとしてきた。

トムはますます頭を回転させ、ますます熱を入れて、ますます陰鬱になった。

黒のビショップは、からっぽになったチェス盤の中央で、味方から見放されてぽつんと立っていた。それをルークの攻撃から守っているのはポーンひとつしかなく、残りのふたつのポーンは白の陣営に深く入りこみ、そのひとつは最後から二段目のとこ

24　一度盤に置いた駒の位置の変更を禁じるルール。

ろまで到達していた。トムは考えていた。部屋のランプの灯りは弱まっていった。大きな壁掛け時計のほかに音はなく、時計は沈黙を数えているように見えた。真夜中を示す時刻が鳴ると、最後の灯りが消えた。その大部屋を照らしているのは、ただプレイヤーの卓上にともっている蠟燭だけだった。アンダーセンは夜の寒気を感じはじめた。トムは汗をかいていた。黒人の野蛮な体臭がアンダーセンの鼻孔を刺激した。

一瞬、庭の奥から、ゴットシャルクの「バナナの木」[25]が聞こえてきた。遅れてホテルに着いた宿泊客の鼻歌だ。トムはその歌を思いだした。遠い記憶が雲のように頭をよぎった。熱帯の曙光《しょこう》に照らされた巨大なバナナの樹を目にした。枝の間に風に揺れるハンモックがあり、ハンモックには黒人の赤ん坊がふたり眠っていて、母親は地面にひざまずいて優しく子守唄を歌っている。その記憶と情景に心を奪われて、十分ほどじっとしていた。それから深い沈黙に戻り、ビショップを眺めつづけた。

最新の心理学が「ヒプノティズム」と呼んでいる、磁気による幻視の一種がある。カタレプシーを伴う恍惚状態で、ありふれた事物を強烈に凝視することで引き起こされる。この現象が解明されれば、心理学の知識に新しい栄光がもたらされるだろう。思考の伝達を証明する「マグネティズム」、そして、人間の意志が非生物に伝達することを証明するいわゆる「スピリティズム」に対し、ヒプノティズムは、非生物の物体が人間に及ぼす磁気的影響を証明するはずだ。トムはこの現象に取りつかれたようだ。「黒のビショップ」が彼に催眠をかけていた。見るにも恐ろしい形相で、彼はひきつるように唇をかみしめ、汗が額から盤にしたたりおちた。アンダーセンはもう彼を見ていなかった。闇があまりにも濃くなっていたし、それに彼自身も同様な磁気にひきつけられて「黒のビショップ」を見つめていたからだ。

トムにとって試合はすでに負けと言ってよかった。彼がそれほど興奮して集中していたのは、チェスのコンビネーションのためではなく、その幻視のせいだった。その黒の駒は、見ているトムにとって、もはやひとつの駒ではなくひとりの人間であり、「黒の駒」ではなく「黒人」であった。赤い蠟は鮮血であり、折れた首は実際に切りおとされた生首であった。トムはその駒とは顔なじみで、何年も前にその顔を見たことがあった。その駒は生きた存在であり、もしかしたらすでに死んでいるかもしれな

25 ニューオーリンズ生まれの作曲家ルイス＝モロー・ゴットシャルク（一八二九―一八六九）が一八四六年に作曲したピアノ曲。地元のフォークソングを元に作られ、「黒人の歌」という副題がある。

い。いや、その駒は瀕死の状態で、生と死のあいだをさまよっている近しい人だった。彼を救いだす必要があった、勇気とインスピレーションのあらゆる力をもって助けなければならない。黒人の耳に、試合の前にアメリカ人が笑いながら言ったあのことばが、オルガンの持続低音のように鳴りひびいた。「人の首もこんな具合にくっつけられたらいいのでしょうがね！」そしてその悪夢が幻視にいっそう拍車をかけた。その木彫りの像は、ますます人間らしく、雄々しく、理想的存在となり、変容は超人化となり、駒から人間となったように人間から理想に変わった。「強迫観念」はあいかわらず黒人の心の中央に残っていて、ますます高く昇華し、崇高なものとなった。偏執さは迷信に、迷信は狂信に変わった。トムはその夜、その瞬間、彼の種族すべての統合であった。

こうして、墓地のような静けさのなか、四時間がさらに過ぎた。これほど熾烈に戦うふたりより、二体の死体か眠っている人間のほうがまだ物音を立てたことだろう。思考による拳闘はこれ以上ないほど狂暴になった。思念が互いにぶつかり合い、それぞれの狙いは締めあげられて崩れおちた。ふたりはもはや顔を見合わせることなく、口を開くこともなかった。ある指し手によって「黒のビショップ」はその陣地を奪われ、白のルークがまっすぐに力強い行進をしながら攻撃し、一歩一歩襲い掛かろうとしていた。ビショップは、豹のような敏捷さで、恐るべき相手を斜めにかわした。アンダーセンは躊躇《ちゅうちょ》しながらもビショップの猛烈な疾走を追って駒を進め、敵の駒を盤の隅に追いこんだ。この息の切れる激烈な遁走《とんそう》はまるまる三十分続いた。双方のキングもこのあわただしい防御に加わった。彼ら同士が相対して戦う様《さま》は、戦闘のあとで、人気《ひとけ》のない陣地をさまよい、互いを求めて悲劇的な決着をつけようとする古代オリエントの伝説の王のようだ。

三十分後、チェス盤の状況はさらに変化した。ビショップが逃走し、双方のキング、ルークとポーンの駒がそれぞれの位置から引きずりだされた結果として、白のキングは黒の陣地の左端のマスに進んでいた。黒のキングはそこから二マスのところ、ちょうど自分のビショップのマスにいた。「黒のビショップ」に幻惑されたアンダーセンは、さらに追いかけつづけ、締めあげて窒息させせようとした。

ついに、ビショップを捉えた！ つまみあげて、盤上から取り除くと、すでに取った駒といっしょに置き、勝ちほこった様子で敗れた相手の顔をのぞきこんだ。

朝の五時だった。夜明けが迫っていた。黒人の顔が歓喜で輝いた。アンダーセンは宿命の駒を追うのに夢中で、右側の二段目まで来ていた黒のポーンをすっかり忘れていたのだ。ポーンはその場に四時間もいたが、彼はそれを取るのをずっと先延ばしにしてきた。黒人の顔に喜びが浮かんだのを見て、アンダーセンは身震いした。あわてて盤上を見た。

トムはすでにその一手を指していた。ポーンはクイーンに昇格したのか？　いや、そうではなかった。ポーンはビショップに昇格したのだ。[26]そう、あの「印されたビショップ」、「黒のビショップ」、血まみれのビショップが息を吹きかえして、白のキングにチェックをかけていた。黒人は誇らしげに盤面を見つめた。アンダーセンは一分間、呆然としていた。そのキングは、盤上の黒マスが並ぶ対角線上にチェックをかけられ、一方は敵のキングによって逃げ場を奪われ、反対の逃げ場は自分のポーンで塞《ふさ》がれている。[27]見事な一撃だった！　チェックメイト！

トムは勝利に酔いしれていた。

ジョージ・アンダーセンはさっと立ちあがると的に駆け寄り、拳銃をつかんで撃った。

同時にトムは床に倒れこんだ。銃弾は頭に当たり、黒い顔に血が一筋、頬をつたって流れ、喉と首元を赤く染めた。アンダーセンは、床に横たわった男の姿に、自分を破った黒いビショップを再び見ていた。

死ぬ間際にトムはつぶやいた。「ガル・ラックは助かった……　神は黒人を守ってくれる……」そして息を引き取った。

二時間後、調度類を整理するため部屋に入ったボーイが、床に横たわった黒人の死体と卓上のチェックメイトを発見した。

ジョージ・アンダーセンは姿を消していた。

二十日後、彼はニューヨークに到着すると、後悔にさいなまれ、トムの殺人犯として自首し拘束された。

裁判所は彼を無罪とした。第一の理由は、殺されたのが黒人にすぎなかったからだ。さらに、著名なジョージ・アンダーセンが自ら罪を認めたからであり、そのうえ、殺

26　相手の陣地の一段目に到達したポーンはキング以外の任意の駒に「昇格」することができ、通常は最強のクイーンになる。

27　本来の置き方では九十度違い、白マスの対角線になる。

された黒人が英国植民地で起きたばかりの奴隷の反乱を率いたガル・ラックの兄弟だったからだ。ガル・ラックの捜索はずっと続いたが、とうとう発見されなかった。

刑罰は軽微だったが後悔の念が薄れることはなく、アンダーセンは故郷に戻った。

ここで語られた事件のあとでもチェスプレイヤーを続けたが、勝つことはなかった。試合に臨むと、「黒のビショップ」が亡霊になった。盤上にトムがいたのだ！　アンダーセンはチェスによって稼いだ富をチェスで失った。

ここ数年、彼はみじめにも、誰からも見捨てられて、嘲笑《あざわら》われ、気が変になってニューヨークの街路を歩いていた。敷かれた大理石の上でチェスの駒の動きを真似て、出会う黒人を避けながら、ナイトのように飛び跳ね、ルークのように直進し、キングのように前後左右に動いた。

彼がまだ生きているのか、わたしは知らない。

魔術師

カルロ・ドッスィ

Title : Il mago
1880
Author : Carlo Dossi

とはいえ、この家にはなにひとつ風変りなところはなかった！　突きだしたガーゴイル[1]もなければ、奇妙な煙突や小塔も、数秘術《カバラ》の印もなかった。まったく普通の市民の家らしい建物で、平屋でも三階建てでもなく、ごくありふれた二階建てで、簡素な白い漆喰《しっくい》が塗られて、灰色の鎧戸《よろいど》があった。

ただ、その鎧戸はずっと締めきられたままだった！

それがどうした？　何を意味していたのだろう？　その家は他の家よりもずっと眠かったのだ。昼間でも目を閉じていてはいけないとでもいうのか？

家の持ち主も、少なくとも外見上は普通だった。どこにでもいるような、髭《ひげ》が白くなりかけた大柄の老人だった。しかし周囲から魔術師と呼ばれていた。母親たちは、駄々をこねる子供にむかって、いい子にしないとあの男が来るよと脅したが、そう言う自分たちでも老人を恐れていた。ところが現実はまったく違っていて、その老人はできることなら子供たちに優しく口づけしただろうが、その姿を見るとみんな逃げてしまうのだった。それに、大勢の使い魔を意のままに操れるというのに、魔術師自身が毎朝、辛そうに腰を曲げ、布の四隅をくくった袋を手にして、牛肉一切れ、塩少々とパンを買いに行くなんて、少々家庭的すぎるとわたしには思われる。

確かに！　サン・ロッコ地区[2]に行って、そう言ってやればいい。地区にはふたりの大工による詳しい話が広まっていた。煙が詰まった暖炉の修理のためにその謎めいた家に呼ばれたとき、切られた生首が大皿に置かれているのを見たという。首にはまだ髪の毛があり、目にはガラス玉がはめられ、そして口に……パイプをくわえていた。それから、大工見習いのトニオがひそひそ声で語ったところでは、あるとき、魔術師に呼び寄せられて、ある家の戸口に掛かっている十字架の腕木をもぎとってくれたらマレンゴ金貨を一山あげようともちかけられたそうだ。

「もちろん」トニオはつけくわえた。「俺は断ったよ」

「馬鹿者が！」司祭たちは言った。「引きうければ良かったのに。そのあとで、何度

1　ゴシック建築の屋根に見られる、怪物を模った雨水の落とし口。
2　ミラノを取りかこむ城壁の外側、ポルタ・ロマーナ周辺の郊外地区。

もミサを挙げればいい」

それだけではない。ある日、魔術師の家の前に荷車が停まり、大釜やら蒸留器やらフラスコやらが運びこまれるのを見て、地区の人々は震えあがった。二か月前に、同じような道具一式が村の居酒屋に運びこまれたときは落ち着いていたというのに。

「錬金術を研究しているのさ」 村人はささやきあって、唾をゴクリと飲み下した。しかし、いつものことだが、彼らの考えは的外れだった。魔術師が探していたのは、黄金と同じように、人が渇望すると同時に恐れるものだったが、黄金ではなかったのだ。

なんと不幸なことか！ 彼は想像しうる最悪の病に苦しんでいた。他の病気であれば楽観的に考えて一息ついたり、しばしば病気の痛みで意識を失ったりするが、この場合は、想像力によって生じた苦悩が倍増し、つねに新しい姿で現れるので、けっして気を休めることができないからだ。

まだ幼い子供だった頃の彼は、『死』ということばを聞くと、両手をよじらせ、声を震わせ、顔を手で触っては骨を確かめたものだった。あらゆるものに死の前触れを見ていた。階段を上ればその一段一段が一年を示していた。ああ、あっという間に上の階に着いてしまう。ときおり突然の恐怖に襲われ、悲鳴を上げて部屋から部屋へと走りまわった。

「どうしたの?」母親がたずねた。

彼は怖くて身を震わせて、だまっていた。

青年になると、その堪えがたい恐怖を押しとどめる方策を考えた。敵であるその概念に全身全霊を打ちこみ、死だけを考え、感じとるのだ。なんと! とりつくろうのは引き裂くより大変だった。もちろんなかには、薔薇の花で飾られ陽光の降りそそぐ墓碑を描いて、死の姿に親しみを持たせる本もあった。しかし多くの本(著者のほとんどが世界から急に隔離された坊主たちだ)には、不快な物の数々、カギ爪だの、ベッドの上下に出たガチョウの尻尾や足だの、遺体を包む布だの、悪臭を放つ暗闇があり、さらに恐怖が倍増した。そして——わたしたち人間は、自分が傾く方向に倒れるものであるから——彼マルティーノは、晴れた青空へ向かって窓を開けはなつのではなく、闇に閉じこもった。

間違いに間違いを重ねて、彼は医学に打ちこんだ。心理学のせいで魂の豊かさに対する信用と評価が失われたように、医学のせいで、肉体の豊かさについて疑念の迷宮が生じた。孤独な彼は、人がどれほど脆弱《ぜいじゃく》なもつれの上に成立しているのかを、そしてそのもつれを打ち壊す偶然の混乱がどれほどのものなのかを悟った。新しい知識はさらに新たな苦しみをもたらした。

しかしそんな影のなかで、彼の前にひとつの道が開かれた。影と若さは交互に彼に群がった。マルティーノは酔いつぶれては、せっせと種付けに励み、つかの間、自分から逃げだすことができた。

しかし、ある晩、ほとんど悪行になりかけた乱痴気騒ぎが頂点に達したとき、共に人生を謳歌していた鮮やかな金髪のジュリアが、すっと立ちあがって杯を掲げて「乾杯しましょう……」と叫んだとたん、ことばを言いかけたままいきなり後ろに倒れこんでしまった。

彼女の心臓は破裂していた。マルティーノは気を失った。ジュリアの死に動転したと思った人もいたが、実際は、自分の死を考えて動転したのだ。死がふいに目の前に現れたからだった。すでに三十歳になっていた。このあと何年が残っているだろう？　同じくらいだろうか？　ああ、なんとおかしな道化だ！……まあ、四十年間、五十年としよう。すべての鎧戸を閉めきったら……なんだろう？　やはり道化には変わりない？

「いや、死にたくない」自分に誓った。「死ぬものか」

絶望の勢いから、彼は自然科学に身を投じた。その努力によって、科学は、泳者の前の波のように左右に分かれ、道を作った。しかし寄せる波は次から次へと尽きることはない。二十年間休まず研究に打ちこんだことで（つまり二十年間の死に相当する）、求めていなかった秘密をたくさん手に入れた。死体を石に変え、人体時計の進みを止めたり動かしたり、思いのままに操れた。それでも心臓の鼓動を永遠に保つことは不可能で、さらに希望の光すら見えない。わたしたちのなかにあるその鼓動は、最初に誰によって動かされたのか？　そんなこと、わかるものか！——その間に、彼の体は衰えていき、髭に白いものが混じりはじめた。乗り越えられない壁に挟まれた、背後でしだいに閉ざされていく狭い小道のだいぶ先まで来てしまったと悟った。そこでは勇気も臆病も役に立たない。好きでも嫌でも先に進むしかなく、最後にはかならず深淵に飲みこまれてしまうのだ。

それまで、マルティーノはいくつもの海と大陸を渡りあるき、今いる部屋が自分にとって最後の部屋となるかもしれないと怯えながら、あらゆる環境下で死の観想に励んだ。ああ、どれほど山のようなため息をついたことか。陰鬱なベッドに横たわっては、「ああ、俺の一年がまた減ってしまった……」とうめいた。そして、体の不具合がどうしようもない状態になってきたのを感じると、世間の舞台から気づかれずに逃げだして、ひとりきり死を待つことにした。少なくともこうすれば、友人の涙やら、蠟燭《ろうそく》の匂いやら、司祭がつぶやく祈禱やら、末期《まつご》にまつわる虚飾を一切省くことができる。そして、町はずれに二階建ての家を買ったのだ。

その当時のことを思うと冷や汗が出そうだ。離れて見ればあっという間だが、近くから見れば長い年月で、彼ひとり、孤独に過ごした年月だった。死体の上に腰かけるようにして、息苦しそうに喘ぐ姿が目に浮かぶ。「死よ、お前はいったいなんだ？」と問いかけて、そのなかに生命の痕跡を探しまわった。その生命とは……、いったいなんだ？　定義はたくさんある。物質的な定義もあれば精神的な定義もある。どう定義しようと、多かれ少なかれ、例の道へ続くのだ。腹立ちまぎれに、すべていっしょくたにしてしまえばいい。

そこで絶望したマルティーノはひざまずいて、それまで一度も信じたことがなく、その日も信じてはいない神に向かって、自分を痴呆にしてくれと祈った。それから恥知らずな卑しさに駆られて、その祈りをとりさげた。そして、焦点の定まらない目つきで、科学がなしえなかったことを狂ったように繰りかえし求めた。悪魔的な薬剤をコンロで混ぜあわせて、自分の意志のすべてを紺碧《こんぺき》の魔除《まよ》けに閉じこめ、期待に震えながら今では鬼籍に入っている作家たちの奇妙な書籍をめくりつづけた。彼らは永遠に生きる方法と尽きない若さを事細かに教えていた。

しかし、時間はけっして止まらなかった。

そしてついにある日の明け方、近所に住む男が、スリッパ履きに外套《がいとう》をひっかけた姿で、魔術師の家の管理人をしているふたりの女性のところにやってくると、家のなかで誰か死にかけているか、それとも殺されたんじゃないのだろうかと言った。叫び声とあえぎを聞いたのだった。

彼女たちはまずぎょっとなって、それからどうしてよいかと顔を見あわせた。主人の言いつけを破ったものか？　玄関を横切ろうか？　階段を上ろうか？　しばらくためらっていた。しかし事は急を要した。けっきょくそうすることにした。実際、上階に行ってみると、苦しそうに「ああ、もう勘弁してくれ！　お願いだ！」という魔術師の声が聞こえた。それから長いうめき声が。

慌てて部屋に入った。

マルティーノは、タナトフォビア[3]の強烈な発作に襲われ、魔女の寝床のようなベッドから出て鏡の前にいた。夜明けの青白い光のなかで、おびえながら自分の姿を見ていた。たしかに、ふたりの女が愕然《がくぜん》としたほど、彼の姿はおぞましかったに違いない。

近所の男は、なんとかしようと司祭を呼びに行った。

そんなことしなければよかったのに！

魔術師は、自分は助からない、もう最後だと考えた。

「下がれ、出ていけ！」と叫んだ。

しかし、司祭は彼の手を握ろうとした。マルティーノは毒蛇に触れたかのように、恐れおののいた。ベッドに倒れこみ、どうしようもなかった。そして死への恐怖から死んだ。

3 自らの死を恐れること、「死恐怖症」。

クリスマスの夜

カミッロ・ボイト

Title : Notte di Natale
1876
Author : Camillo Boito

これは、わたしのジョルジョお坊ちゃんが書きのこした文章です。あのかわいそうなジョルジョお坊ちゃんには、読み書きを教えましたし、他にもいろいろ教えてあげました。子供のころ、あの子とかわいそうなエミリアお嬢さんは、わたしのそばにいつもくっついてまわっていました。ある日のこと、わたしは覚えているのですが、エミリアお嬢さんがふいに「マリーア、白髪が一本あるわ」と言って引きぬこうとしました。わたしにとって髪は唯一の自慢でした。それから二十年経って、いまでは天に帰ってしまったジョルジェッタちゃんがわたしの膝に乗って、その母親とまったく同じ声で同じようにびっくりして言ったのです。「マリーア、黒い髪が一本あるわ」そして顔をしかめました。彼女はわたしのすっかり白くなった髪が気に入っていたからです。

わたしはジョルジョお坊ちゃんのすべてを愛しています。でも、よくわからないこの文章を読むと、心が苦しくなって涙が出てきます。心を静めるには、教会で神様にお祈りするしかありません。わたしをおいて逝ってしまった三人の愛しい子供らが元気で幸せにいる姿を見られるのなら、わたし自身の健康も命も捧げたことでしょう。

［ジョルジョ氏の手稿］

この数日間、胃が苦しかった。食べ物が口を通らない。あの晩、アルベルゴ・カヴール[1]で円卓に着いたが、スープだけで席を立たねばならなかった。部屋は冷たく、人はまばらだった。ドイツ人客が三人、ひと口食べてはため息をついている。フランス人がひとり、話し相手が見つからなくて、ときおり給仕係に話しかけて、復活祭やら聖誕祭やら新年といった女子供の馬鹿げた騒ぎなんて自分には無関係だったと言う。そして自分の精神の力と自由を高らかに主張したことに満足して、料理に鼻先をつっこんだ。

街の通りでは、車灯の黒ずんだ赤い光がひとつひとつ過ぎていくのが見える。しか

1　ミラノのカヴール広場とパレストロ通りの間に一八七〇年に建設された高級ホテル。

し、ひどく濃い霧は、わびしい白っぽい輝きとまじりあって、街灯のそばでいっそう生き生きと、いっそう濃密になり、かろうじて見えるのは、濡れて輝く歩道の一片とか、通りながらひじを突きだす人の黒い影とか、音も立てずにおとなしく走る馬車の大きな塊《かたまり》だけだった。とはいえ、いつもなら人も車も多い町の道にはほとんど人影が見えなかった。すべてが神秘的で広大に見えた。方向感覚が失われた。まだ先だと思っていた曲がり角に突然出たり、十字路に着いたと思ったらまだ先だったりした。雲のなかでずぶぬれになり、体は冷えきって、自分が目も見えず耳も聞こえなくなってしまったのかと思いながら、さまよった。

サン・フランチェスコ教会[2]の突きでた階段につまずいた。濃密な白い霧のなかから、女性のうめき声が飛びだした。それから、ぼろを着た餓鬼が私の脚の間にまとわりついて、クリスマスの夜を祝う言葉を投げつけ、小銭をせがんできた。私ははねつけて、何もやらなかった。餓鬼はしつこかった。私は声を荒らげて脅した。気分は暗く塞《ふさ》いでいた。アーケード[3]では、酔っ払いがふらふらしながらくだらない歌を歌っている。大聖堂広場の柱廊の下を、警察官がふたり、規則正しい足取りでゆっくりと歩いていた。

メルカンティ広場の先の細い路地では、背の高い家々に挟まれて、霧は少し薄くなった。どの工房も鎧戸《よろいど》が閉ざされて、居酒屋ですら戸を閉めている。それでも、あちらこちらの窓から、奇妙で陽気な物音が漏れていた。幸福が食卓を支配していた。コップの触れあう音、喜びの甲高《かんだか》い叫び、あけっぴろげで野卑でだらしのない笑いの合唱が聞こえてくる。狂乱だった。とはいえ家族の神聖な狂乱だ。特に騒々しい音が聞こえてくるバルコニーの下で、私は足を止めて耳を澄ませた。最初はなにも聞きとれなかったが、少しずつ皿とコップのぶつかる物音のなかに、人の声を聞きわけられるようになった。男の子が叫ぶ。「ママ、パネットーネ[4]をもう一切れ！」別の子が言う。「パパ、もうちょっとワインをちょうだい」それに答える母親と父親の様子が目に見えるようだ。そして、楽しそうなおじいさんと微笑んでいるおばあさんの姿が目に浮かんだ。耳まで毛皮の襟《えり》を立てた。

何をすればよいかわからない。街路は墓地そっくりに見える。芝居小屋はすべて閉

2 繁華街マンゾーニ通りに面するサン・フランチェスコ・ディ・パオラ教会。
3 大聖堂広場の北に位置する「ヴィットリオ・エマヌエーレ二世のアーケード」。
4 クリスマスの時期にミラノの家庭で作られる伝統的な発酵菓子。

まっていて、荘厳な祝日のせいで新聞も休刊だ。私はひとり、ミラノでひとりきりだった。ここには友人も知り合いもいない。世界で孤独だった。一年前の同じクリスマスの日、ちょうどその同じ時間には、ポー通りの我が家のきれいな食堂で夕食を済ませ、絨毯《じゅうたん》にねそべって、ジョルジェッタとその女友達といっしょに馬乗りごっこをし、ふたりが私にまたがって鞭《むち》をふるっていたのだった。エミリアは私に向かって金きり声で叫んだ。「まあ、ジョルジョ、恥ずかしいと思わないの？　二十三にもなって子供と遊ぶなんて」そしてジョルジェッタに向かって「叔父さんをそっとしておいてあげなさい」と言った。でも少女たちは気にせずに私の周りをめぐって、その叫び声で私の耳はぼうっとなるくらいだった。そこで立ちあがって、彼女たちをひとりひとり腕に抱きかかえて、残った砂糖菓子をあげて、頬にキスをした。

なんと陽気で、楽しかったことか！

散歩と霧のせいで、ぞっとするほどひどい空腹だった。無暗に飲んでいた大量の胃薬が、それまでは胃を痛める以外役に立っていなかったのに、とつぜん効果を発揮して、胃の働きを刺激したのだろう。牛一頭だって食べつくせそうな食欲だった。とはいえ幽門に騙《だま》されることには慣れていた。それにもかかわらず、その夜は、馬鹿騒ぎをしたいという不安な欲望を感じていた。普段は退屈も感じさせないほど悲しみに包まれていたのに、退屈さが打ち勝った。一か月前、愛するエミリアが、彼女のベッドの枕で涙を隠していた私の髪に、すでに冷たいその手を置いてからというもの、そんなことは初めてだった。トリノを出てイタリア各地をさまよいはじめて以来、私は初めて、気晴らしをしたい、誰かに話しかけたい、友人か女性か医者か誰かの心に自分の気持ちを伝えたい、精神的な、そして肉体的な悩みを語りたいと思った。心のなかにふたたび自我が生まれていた。トリノにいないのが残念だ。ここがトリノなら、人のいいマリーアと夕食をとりながら泣いたり語ったりできただろう。ベッドに入る時間になれば、マリーアはあのとても控えめな口調でささやいたに違いない。「ジョルジョ坊ちゃん、お願いですから、すこしは神様を信じなさい。いいですか、この婆《ばば》のためだと思って、いっしょにロザリオの祈りを唱えてください。短い祈りですから、我慢して。そうすれば神様と聖母さまのおかげで、あきらめがついて、善き人間としての落ち着きと慰めが少しずつ得られるでしょう。ジョルジェッタちゃんとエミリア

5　トリノの中心にあるカステッロ広場からポー川に向かう通り。

お嬢さんはあなたのためにお祈りしています。ジョルジョ坊ちゃん、あなたもお祈りすれば、少しはふたりのそばに行けますよ」崇高な同情のこもったあの母のような顔が微笑むのを見るためなら、おそらく私だってエミリアと同じように、ひざまずいてロザリオの祈りを復唱したことだろう。

私はアンブロジアーナ図書館[6]の近くに来ていた。どこに行くあてもなく歩くと、そしてそういうことはよくあったのだが、足が自然とその近くの狭い小路に向くのだった。そこの通りのひとつに、短いミラノ滞在の二日目に見かけたひとりの娘、帽子のお針子が住んでいた。そのときから三度か四度、つまりは毎晩のように私は娘の姿を見に戻った。すでに暗い時間で車灯がともり、夕食のため急いで帰宅する人の行き来と行きかう馬車を見ると、落ち着いて歩く人でさえ想像力を刺激されて急ぎ足になるのだった。

こう告白するのは心の底から恥ずかしいが、帽子のお針子に心を惹かれたのは、エミリアに似ていたからだった。どこか後悔する気持ちがあって、不安はさらに強くなった。私は女性に出会うたび、さらには女性の写真を見るたび、抑えきれず衝動的に、彼女にわずかでも似ているところを探してしまい、故人となった愛する女性の大事な記憶を冒瀆《ぼうとく》している気がした。けっきょくは、似ているといっても単に私の想像でしかないと気付かされるのだ。よく写真館のショーウインドウの前で立ちどまり、三十分も眺めていた！ 札入れにはエミリアの写真が四枚、ジョルジェッタの写真も三枚あったというのに。ジョルジェッタは少女のころのエミリアそっくりだ。それにもかかわらず、五日間のフィレンツェ滞在のあいだに、雨も気にせずポルタ・ロマーナ[7]通りの奥へと二度も足を運び、痩せた将校たちやら、フリル付きの衣装を着た醜い田舎娘やらに交じって、額に飾られていた優雅な女性を見た。最初にその写真を見かけたのは修道院[8]まで歩いて行ったときで、買わなかったのはただ恥ずかしかったからだ。

お針子はいつも用事で急いでいた。だが最初に出会ったとき、金細工工房のショーウインドウの前で立ちどまっていた。ともされた照明に黄金がまばゆく輝き、ダイヤ

6 フェデリーコ・ボッロメーオ枢機卿（一五六四―一六三一）が一六〇七年に設立した図書館。歴史的市街地区にある。
7 フィレンツェの南、ピッティ宮殿からロマーナ門に続く通り。
8 フィレンツェの南、アクート山に建てられたカルトジオ会の修道院（チェルトーザ）。

モンドがきらめいて、真珠は素晴らしく純白に光る一点を見せている。急に振り向いた娘の目はきらきらと光を放ち、明るく微笑んだ口元が開いて、真っ白な歯がこぼれた。私に気がつき、肩をすくめるとそそくさと立ちさった。私はそのあとについていくのがやっとだった。彼女は馬車をかわしながら、人々の間を縫うように、よろめきもせず、ドレスのスカートの裾を少し地面から持ちあげ、ずっと素早い足取りで歩きつづけた。ある曲がり角で見失ってしまったかと思ったが、遠くのカフェの前に姿が見えた。私は後を追った。彼女は右に曲がり、左に曲がり、ふいに姿を消した。

翌日、姿を消した道で待っていると、ある家の戸口に入っていくのが見え、すぐに暗い玄関ホールに消えた。呼び鈴の音が鳴り、それで終わりだった。

そのお針子の微笑みを見て、私の心はひどく揺れ動いた。エミリアは、小旅行から帰った私がお土産を持っていったときとか、私の聖名祝日とかなにかの記念日に朝早く部屋にきてドアを軽くノックし、甘い声で「入ってもいいかしら？」とたずねるとき、そんな笑顔を浮かべたのだ。そしてそばに駆けよってくると、大きな真珠のついたネクタイピンで（私がいつもしているこのピンだ）ネクタイを留めてくれたり、新しい時計鎖を首にかけてくれたり、あるいは彼女が考えた銀模様の革財布をポケットに入れてくれたりした。あるときなど、たった二年半前のことだが、そのバラ色の華奢《きゃしゃ》な手で、嫌がる私のブーツを脱がせて、彼女自身が刺繍《ししゅう》をしたスリッパを履かせようとした。美しい、実に美しいスリッパだった。彼女を抱きしめて額にキスしてやると、うれしさに顔を輝かせた。すると、家が壊れそうなほど激しくドアが叩かれた。ジョルジェッタだ。彼女は嵐のようなキスを降らせ、笑い声を振りまき、つむじ風のような幸せを運んだ。

その晩、例のお針子の姿を見られるとは期待していなかった。いつも見かける時刻からだいぶ過ぎていたし、みんなと同じでクリスマスの厳かな夕食の席についているはずだろう。それでも私はその家の戸口のそばを通りすぎた。黒い玄関ホールの奥に人影が見えた気がした。四歩ほど歩いて振りかえると、女性の小さな帽子がちらっと見えたが、慌てて姿を隠してしまった。彼女だ。心臓の鼓動が高まった。私はそのまま通りすぎるか後戻りするか、一分ほどためらっていた。けっきょく後に戻り、目の隅でじっとしている人影をとらえた。私は自分が恥ずかしくなった。自分の欲望に対して、そして内気であることに対して、同様に赤面していた。もう一度前を通りすぎた。相手が乗り気に見えていても、私は道端で見知らぬ女性に声をかけるのは大嫌いだった。めったにそんなことはしないし、声をかけるとしても、そうしなかったら自分が無様に見えることを恐れてのことだ。私は一か月間、自分の内側に苦しみと幻想、若さを押しこめていた。さあ、勇気を出すんだ。人影がほとんど戸口の敷居を越えようとしたとき、私はあいさつした。「こんばんは」彼女は返事をせずに後ろに下がり、闇のなかに姿を消した。その反応が気に入った。もし娘がすぐ話に乗ってきたら、残念に感じただろう。しかしすぐに娘は戸口から頭をのぞかせ、左右に素早い視線を投げた。私はもう一度近づいて繰りかえした。「こんばんは」娘は乱暴に肩をすくめるとあいさつを返して言った。「ほっといてちょうだい。どっかに行っちまいな」そして私が動こうとしないのでつけくわえた。「無礼な人。まじめな娘をからかわないで。ほんと、うんざり、まったく」自尊心から反発した私は後ろを向くと、毅然《きぜん》としたところを見せ、百歩ほどそこから離れた。十分もすると、その戸口に戻っていた。甘い猫なで声を装うように気を使ってささやいた。「だれかを待っているのかな？　よかったらご招待させてもらえませんか？　私もちゃんとした家柄です。それに、何度か私の姿を見ているでしょう」

「ええ、私をつけまわして楽しんでいる。ほかにすることがないってわけ」

「それ以上のことはないですよ。あなたが気に入ったんです。お名前を聞かせてもらえませんか？」

「あなたには関係ないでしょう」

「関係ありますよ。せめて、私がせつない想いを寄せる相手の名くらい知りたいものです」

「まあ、かわいそうに！　でもさっさと出て行ってちょうだい。こんなところ、夫に見られたりしたら……」

「じゃあ、夫を待っているところ？」

「もちろん。もう三十分前には来ているはずだけど」怒っているのか、寒いのか、足を踏み鳴らしていた。というのは、とっさに私が触れた彼女の手がかじかんでいたからだ。

「旦那さんは本当に礼儀知らずですね。おたずねしますが、散歩に行くはずだったのでしょう？」

「散歩どころか！　夕食にいくはずなの」

そこでひらめいた。なにより、すでにさんざん無様な対応をしてしまったと思った私はすぐに反応した。「夕食ですって？　私といっしょにどうですか」

「まあ、何を！　いえいえ。もし夫に知られたら大変」

「わかりませんよ。馬車を捕まえて、アルベルゴ・カヴールに行きましょう。トリュフを食べて、シャンペンを飲みましょう。きっと楽しいでしょう」

「あなたのこと知りませんもの」

「夕食を食べたあとには、きっと友達になってますよ」

彼女はあの微笑みを浮かべた。私を誘惑し、背筋をぞっとさせたあの微笑みだった。そして、きっぱりと心に決めて、叫んだ。「行きましょう」

私が数日前から滞在していたアルベルゴ・カヴールの部屋はとても暖かかった。暖炉の炎が燃えあがっていたからだ。ふたつの燭台《しょくだい》と、天井から吊られた照明を点けさせた。強い光のなかで、赤い花模様の黄金色の壁が場違いだった。もったいぶった給仕は、娘を頭から足まで高貴だが慇懃無礼《いんぎんぶれい》な態度で見ると、食卓の準備を始めた。暖炉の近くにある卵型のテーブルは、あっというまに美食の数々でいっぱいになった。私の胃は待ちきれずにいた。子羊から消化酵素を取りだすように、この胃を引き裂いたら、めったにないほど大量の胃液があるに違いない。食欲が、食べたい気持ちがあまりに強くて、なんでも消化できそうだ。ずっと前から気にかけていた胃腸がようやく動きだしたので、私はすっかり帽子のお針子のことを忘れていた。彼女はその小さな帽子を脱ぎすてると、椅子にマフ[9]を放りだし、肘掛椅子《ひじかけ》に外套《がいとう》を投げかけ、鏡に向かって髪を整えていた。頭上に両手がまるく上げられて、夏物に見えるほど薄いぴったりした服でかろうじて隠されている体の輪郭がはっきり見える。彼女の顔を見もせずに向かいの席に着かせると、ふたりで大きな牡蠣《かき》の身をすすり、琥《こ》珀色《はくいろ》の白ワインを飲みはじめた。それで私は元気になった。しつこく長く続いた耐えがたいあの胃腸の不調は消えさっていた。私はほっとして、嬉しくなった。ああ、神様！　ついに食べられる！　それまで数か月間、私は手当たり次第にありとあらゆる薬を試して、恥を忍んで新聞の三面広告にさえ手を出したほどだった。ベルリンとパリの著名な医師にも助けを求めた。そこまでしても、なんとか口に入れられたのは、

9　毛皮などでできた円筒形の防寒具。開いた両端から手を入れて温める。

薄めたスープと牛乳、コーヒー、そして血の滴る生肉の細切りだけだった。エピキュロスよ、ああ、エピキュロスよ！　ティベリウス帝のことが頭に浮かんだ。キノコ、ニワムシクイ[10]、牡蠣、ツグミが、自分の旨さを競って言い争う対話を書いた詩人に、皇帝は二十万セスティルティウスを与えたという[11]。

私なら、美しい娘といっしょにボルドーワインを飲みながらじっと集中して味わった、そのキジのトリュフ添えの一皿が一番美味だと判断するだろう。いろいろなグラスが並んでいた。どのキャンドルの側面にも小さな電気火花のように輝く筋がついている。絵柄のついたグラスやカップ、胴が膨らんだものや口縁《こうえん》が長く伸びたものもあれば、大きさも大小で、厳かに鎮座する大きな水のグラスにはまだ水滴はついていない。テーブルに何かがぶつかるたび、グラスが揺れてカチンと音を立て触れ合い、ガラスの白い火花がテーブルクロスの上にいくつも飛ぶ。ワインは、溶けて液体になった宝石のようで、アメジストやルビー、トパーズに見える。

給仕は、テーブルにお菓子を並べてシャンペンのボトルに栓をすると、とても恭《うやうや》しく、しかしどこか底意地の悪いお辞儀《じぎ》をして、部屋を出て行った。

「ねえ、もういらないのかい？」

「もう、十分。おなか一杯」

「シャンペンはどうだい？」

「それならもらうわ。大好きなの。今まで一度しか飲んだことがなかったの」

「いつ？」

「男の人ふたりに〈レベッキーノ〉[12]に食事に連れて行ってもらったとき。もうひとりの女の子と」

「きみの夫は？」

「夫ですって？」

「今晩、戸口で待っていただろう」

「ああ、忘れていたわ。勝手にすればいいわ」

「愛していないの？」

「わたしが？　十日前に知り合ったんですもの。それに所帯持ちだし。夫を待ってい

10　ズグロムシクイ属の渡り鳥。
11　歴史家スエトニウス（七〇頃―一四〇頃）の『皇帝伝』にあるエピソード。
12　ミラノの大聖堂の近くにあった有名なレストランホテル。当時の地区名にもなった。

るっていったのは、ちゃんとした紳士に見えたあなたに、悪い娘だと思われたくなかったから」

「友達になろうよ」

「お好きなように」

「ねえ、誰かを好きになったことはない？」

「ええ、うん、そうね。一度、あったと思う。でも、二、三日だけ。黒いひげをはやした四十歳の人だった。わたしを殴って、金を出せって。男ってみんなそっくり。ねえ、どんなだったか聞いてちょうだい」

私はもう彼女の話を聞かず、その顔を眺めていた。醜かった。体つきは悪くはなかったが、顔かたちは下品で、荒れた肌に黄色い染みがあり、目の輪郭は緑がかっていて、額に細かなしわが並んでいる。恋愛話をしながら色の違うワインを混ぜて遊び、ごっちゃになったそのワインを飲もうとしていた彼女をさえぎって、私はたずねた。

「何歳だい？」

「十九よ」そう言うと、彼女は途切れた話をつづけた。席を立って、鏡の金色の枠を不思議そうにのぞきこんだり、長椅子やソファに寝そべったり、ベッドに身を投げたりした。背後から荒っぽい手つきで私の体にさわり、砂糖菓子をつまんでポケットに詰めこみ、ワインを高くから流しこんだシャンペン・グラスを空にして、タンスと小卓の上の品々をひとつひとつ興味深く眺めていた。エミリアの肖像写真を手にとって叫んだ。

「ほら、見つけたわ！ 見つけた！ これ、あなたの恋人でしょ」

私は恥ずかしさと怒りでかっとなり、席から立ちあがった。

「それを返しなさい」

「彼女ね、彼女なのね」

「写真を渡しなさい」ふたたび強く言った。彼女は部屋のなかを走りまわって、長椅子に乗り、写真をひらひらさせながら馬鹿みたいに叫んだ。「彼女、彼女でしょ」私は彼女を追いかけ、声を引きつらせて繰りかえした。「それを返せ、馬鹿娘」手から奪いとろうとして手首をきつく握ると彼女はきゃっと叫び、気絶したかのように椅子に倒れこんだ。

すぐコロン水を嗅《か》がせてやった。腕と手が少し痛そうだが、まもなく意識を取りもどした。私は手荒な扱いをしたのが恥ずかしくて真っ赤になり、ささやいた。「ごめんなさい、許してください」数日前に買った時計を引き出しから取りだし、その鎖を彼女の首にかけてやった。小さな時計と大きな鎖を見て娘はすっかりおとなしくなり、じっと見つめながらたずねた。

「金でできてるの?」

「もちろん」

顔をあげて、きらきら光る黒い瞳で私の顔を見つめた。微笑んでいる。喜びで、顔に見慣れない表情が浮かんだ。珊瑚《さんご》のような唇が曲線を描いて開き、純白で完璧な歯並びを縁取《ふちど》っていた。たしかにエミリアに似ている。

「許してくれますね?」彼女にたずねた。

女はそばに寄って、抱きついてきた。低いストゥールに腰かけ、絨毯に足を伸ばし、私の膝の上に頭を乗せた。首を後ろにそらす。乱れた髪が少しほどけて、クッションになった。こうして大きな肘掛椅子に座った私は、身をかがめて彼女を上から見下ろし、口を大きく開けて微笑んでほしいと懇願した。

さんざんワインを飲み料理の数々を食べたのに(一年かけても食べられないほどの量

だ）、驚いたことに私の胃には余裕があった。ただ、そのせいで空想癖が強まっていたのは確かだ。あの夜のことを今でも事細かにはっきり覚えているところを見ると、酔ってはいなかったが、体と心はひどく興奮し、意識は失っていないにせよ、責任ある行動をとれない状態だった。きまぐれで果物ナイフで人を殺していたかもしれない。

娘の歯に私は見とれていた。

「何を見ているのよ」

「君の歯を見ているんだ」

「気に入った？」

「どうしたらこんなに輝くほど白くなるの？」

「なにもしてないけど」

その歯並びは整っていて、一本一本きれいに並んでいる。上の歯は少し大きくて薄く、透《す》けるようだった。

「女友達がね」娘はつけくわえた。「男の人ふたりと〈レベッキーノ〉にいっしょに行ったその娘だけど、ひどい歯が一本あったの。どんなきれいな歯を入れたかって、見てごらんなさいよ。本物じゃないなんてわからないくらい。ただ、高かったけど。

二十リラよ！　私なら日によっては一本二十リラで売ってやるところだけど」

「一本五百リラで私にくれないか」

「いいかもしれないわね！　それなら歯を入れなおして、四百八十リラもうかるでしょう。それもいいかも！」と言って、手を叩いた。「ねえ、とにかく」話を戻して言った。「その写真のことでどうしてわたしを殺そうとしたのよ？　まさか食べちゃうわけないでしょ」

「その話はよそう。悲しくて、つらいことなんだ」

彼女はむっとした表情を浮かべた。あくびをして腕を伸ばすと、頭を私の膝に乗せたまま寝てしまった。


娘を起こしたくなくてじっとしているうちに、不安に満ちた懐かしい記憶が戻ってきた。ジョルジェッタもよく私の膝で眠りこんで、その母親の澄んだ声が新聞記事や小説の一節を読み聞かせてくれたことがあった。しかし、私の姪《めい》っ子の髪は聖人の光輪のような金髪で、顔は天使のよう、吐息は、曙の山風より清々しかった。ときおり体が揺れ、夢のなかで人形に語りかけていた。私はジョルジェッタがぐっすり眠りこむのを待ってゆっくりと体を起こすと、片手を背中に回してもう一方の手で足を支えて、そっと足を忍ばせて母親が刺繡したレースの天蓋《てんがい》の下の美しい黄金のゆりかごへ、エミリアの先に立って運んでいったものだ。その明るい色のベッドで、ジョルジェッタはジフテリアに罹って呼吸困難で亡くなった。天上に逃げだす前、彼女は小さな空色の瞳で、私を、その母親を、そして年老いたマリーアをひとりずつ見やって、みんながなぜ泣いているのかがわからずにいた。あのときは医師ですら泣いていた。

最初は薄い水色だったエミリアの目の下の青い筋は濃く黒ずんでいき、頬は柔らかな桃色から象牙《ぞうげ》のような青白い色彩に変わった。彼女は自分のことを忘れ、いつも善行を心がける優しい性格は、純真で、親切で、賢明で、天使のような純粋な性格へと浄化した。内臓が病気で徐々に侵食される一方で、その精神は神の御許《みもと》へと昇っていった。臨終の間際にひどい痙攣《けいれん》に襲われても、彼女はみんなにそれを見せまいと、精一杯、気高い努力を尽くした。私が枕の上で位置を直すためそっと頭を持ちあげてやると、か細い声でささやいた。「ジョルジョ、ごめんなさい。ほんとに迷惑をかけてしまって」そう言って、手を握りしめようとした。さらにマリーアに対しても、屋敷のどんな下僕に対しても、微笑みながら「ありがとう」と繰りかえすのを忘れなかった。息をひきとる直前、気分がよくなったように見えた。私をかたわらに呼んで優しく言った。「ジョルジョ、私たちはいっしょに生まれて、離れることなく二十四年間いっしょに暮らして、ずっとずっと私によくしてくれた。神の祝福がありますように。でも、私が迷惑をかけたり、いやな気分にさせたり、あなたに好意を示さなかったりしたとしたら、許してちょうだい」涙がふた粒、ゆっくりと目からこぼれおちた。「死ぬのは残念。あなたのために残念。あなたの健康はもろい。治療がたくさん必要だわ」長い間をおいて続けた。「そして、たくさんの知恵が」そのことばとともに息をひきとった。私はひとり、その部屋で通夜をした。老いたマリーアは、近くの部屋ですすり泣きながら祈りを捧げていた。エミリアの黒い目は開かれていた。黒い髪が白い顔を取りかこんでいた。半開きの唇が、その不吉な白と不吉な黒のなかで、バラ色に目を引き、その哀れな死んだ女性の額よりもさらに白い歯をのぞかせていた。

足にぶつかるものがあって、私は陰鬱な物思いから目を覚ました。熱があり、頭が燃えそうだった。果物ナイフの硬い刃を火照る額にしばらくあてた。その冷たさが心地よい。

帽子のお針子は、つんとくるワインの匂いを放っていた。私は身をかがめて彼女をのぞきこんだ。吐き気を催すほど汚らしかった。口を開けて眠っている。そこで、私は途方もない恥辱を感じ、鋭い後悔を味わい、胸の内に凶暴で慎重な復讐の念が湧き起こった。手にしていたナイフをながめ、持ちかえながら、どこが一番強く叩けるだろうと考えた。そして帽子のお針子の上唇をそっと指でめくると、刃の先端で、美しい一本の糸切り歯をすっぱりと一撃で断ち割り、半分以上を叩き飛ばした。

酔っぱらった娘はかすかに身じろぎしただけだった。頭の下にクッションを押しこんで、私は窓を開けに行った。濃い煙のような霧が室内に入ってきた。凍てつく寒さだ。何も見えず、街路の車のランプさえ見えない。ただ、ホテルの玄関で乗合馬車にトランクを積みこむ音が聞こえた。私はホテルを出て行きたくなった。給仕を呼ぶと、その乗合馬車はトリノ行きで、これから駅に向かうところだという。ぐずぐずしている時間はなかった。私は五百リラ札を封筒に入れて給仕に渡し、告げた。「ご婦人が目を覚ましたら、この手紙を渡して馬車で家まで送ってやってくれ。それからテーブルのうえと引き出しのなかのものをすべて鞄《かばん》に入れてくれ。これが鍵だ。すべてトリノの住所宛てに送ってほしい。ただし先に会計をさせてくれ。待っている時間がないから」
私は毛皮のコートを肩にかけて、出発した。
（ここでジョルジョ氏の手稿は終わっている）

ジョルジョお坊ちゃんがこの手紙をわたしに渡されたのは、トリノに到着されて三日目のことでした。ミラノから戻られたとき、ひどい胃病はほとんど治っていて前より活発で元気そうで、わたしは生きかえった心地がしたほどです。ジョルジョお坊ちゃんはほとんど一日中書き物をして過ごされていました。「ジョルジョお坊ちゃん、そんなに夢中になってなにを書いておられるのですか？」とたずねると、答えられました。「私は醜い懺悔《ざんげ》をしているのだ。これは自分の贖罪《しょくざい》なのだ」と。そして、ひどく悲しげにあきらめた声でつけくわえました。「ああ、私の愛するマリーア、しかもひどく恐ろしい贖罪だ」
四日目の朝、ベッドから起きあがれなくなりました。燃えるような高熱でした。医師は、いろいろと診察をしたあげくに首を横に振り、出て行くときにわたしに耳打ちしました。「もうだめだ」ジョルジョお坊ちゃんは、もうなにも、薄めた牛乳すら飲みこめませんでした。これまでにない高熱でした。衰弱しきって腕さえ上がりません。ずっとうわごとをつぶやいていました。小声で独り言を言っておられたのです。わたしが何度も耳にしたのは、ジョルジェッタちゃんとエミリアお嬢さんの名前です。その名前を口にするときは、見ていて涙が出そうなほど、嬉しそうな表情を浮かべました。それから顔を曇らせ、目を閉じるのでした。恐ろしい光景を目にして苦しんでいるかのように。

ある晩、ジョルジョお坊ちゃんの到着から七日目のことでしたが、下男がわたしを呼びに来ました。病人はうとうとと眠っているようでしたので、わたしは少しの間だけジョルジョお坊ちゃんをひとりにして、部屋を離れました。来客はひとりの女で、あの人と話をしたい、そんなことをわめいていました。なんという女でしょうか。なんという下品な顔、厚かましい言葉遣いと態度でしょう！　この家に、あんな恥知らずな女が足を踏み入れたことはありません。金額は知りませんが、ジョルジョお坊ちゃんに貸しがあると言って、支払ってもらうためにミラノから来たのだと言うのです。わたしは、今は出ていってほしい、明日の朝には通すからと約束してなだめようとしました。それで女は出ていくそぶりを見せたのですが、部屋に戻るわたしの後ろにこっそりついてきていて、目を覚ましていたジョルジョお坊ちゃんはその女を見てしまったのです。わたしは両手を組み、そこから動かないでほしい、何も言わないでちょうだいと女に頼みました。

石油ランプがかすかに周囲を照らすなかで、病人はその卑しい女をじっと見つめていました。顔は穏やかになり、手で彼女をそばに招きました。「エミリア！」とつぶやきました。それは甘美なうわごとで、たしかに、たくさんの美しい像があふれているることが、瀕死の病人の顔に読みとれました。何かを言おうとしていました。しかし、その繰りかえすことばはかぼそく、何を言っているかわたしにもわかりません。かろうじてわかったのは、真珠の首飾りをとってくれと言っていたことでした。それは素晴らしい首飾りで、エミリアお嬢さんが亡くなる直前にジョルジョお坊ちゃんから贈られた最後の贈り物です。わたしはサイド・ボードから首飾りをとって渡しました。ジョルジョお坊ちゃんは両手でそれをつかみとりました。そんな力が残っていたとはわたしには信じられませんでした。そして、醜い女に身をかがめるように言うと、ゆっくりと女の首に首飾りをかけてやったのです。その微笑みは、まるで天上にいるように穏やかでした。

女は、貴重な宝石をむさぼるように見て唇をゆがめて笑いました。見ていてぞっとするくらい下劣な笑いでした。白い歯並びの間に真っ黒な穴があり、いっそう意地悪く見えました。ジョルジョお坊ちゃんは彼女の顔を見て驚きの叫び声をあげ、ベッドにひっくりかえり、長枕に顔を埋めると亡くなられたのです。

夢遊病の一症例

ルイージ・カプアーナ

Title : Un caso di sonnambulismo
1881
Author : Luigi Capuana

医学が重要視している数多くの症例のなかでも、このディオニジ・ヴァン・スペンゲル氏の症例は、とくに驚くべき稀なケースである。最近クロワッサル医師が出版した興味深い回顧録[1]を要約してみよう。ときおり、うまく伝えるためにこの有名な著作家自身のことばを借りることにしよう。

ディオニジ・ヴァン・スペンゲル氏は五十三歳である。やせ形で背は高く、きわめて神経質で、とりわけその鼻と目つきに特徴がある。その姿は、一度見かけたら忘れることができない。本の巻頭にあるレヴィスによる似顔絵は本人にそっくりだ。広くはないが飛びだしている額のしわは、オルガンの送風機のようにたえず上下に動き、その背後では、休むことを知らない脳が活動している。ディオニジ・ヴァン・スペンゲル氏は、この二十年、ベルギーの警察本部に勤務しており、真剣に任務に励んでいる。探偵ヴィドック[2]の秘蔵っ子としての優秀さをさまざまな場で示してきた。

そのまなざしは、近視用眼鏡をかけているせいですこし和らいでいるが、人を魅了する力がある。見るのではなく、鋭く入りこむ。世界で一番正直な男でも、その目を数分間見ていれば、戸惑いを感じずにはいられないだろう。

はじめてディオニジ・ヴァン・スペンゲル氏と知りあったのは、その病気がきっかけだった――クロワッサル医師はこう記している――半年ものあいだ、ひどい不眠症に悩まされていた。ブリュッセルとパリの医師たちは、まったく手の施しようのないその頑固な病気に手を焼いていたらしい。わたしは地方から出てきたばかりだったが、効果的な治療でたちまち有名になった。それで彼はわたしのもとを訪ねてきたのだ。その診察のときの印象を忘れることはあるまい。

1　原注：ドットール［ママ］・クロワッサル著『夢遊病の一症例』ブリュッセル、ムニエ・エ・フィス社、一八七三年、十八折判、肖像画付。品切絶版で、どんな高値でも入手不可能らしい。ある人が好奇心から、クロワッサル医師の話をブリュッセルの街路図に照らしあわせたところ、一八七三年以降、通りの名が変更されていることに気づいた。

2　ウジェーヌ＝フランソワ・ヴィドック（一七七五―一八五七）。元犯罪者でパリ警察の捜査官、探偵となる。

氏は自分の病気について語りながら、わたしの顔を見抜くようなまなざしで見ていた。厳しいまなざしは職業上の習慣もあっただろうが、その大部分は、長いとがった鼻、少し上を向いたひどく奇妙な鼻が原因であると思われた。

数分後には、わたしは彼の話をじっと聞いてはいられなくなった。自意識の聖域にこもって自分を守ろうとしていたのだ。わたしはそうした幻覚にかかりやすい性格ではない。だがその男の容貌は、その瞬間、何とも言えない恐怖を感じさせた。市門にいる関税人が槍で荷を突き刺して確かめるように、人の精神にその鼻を突き刺してくるとさえ想像した。彼はわたしの体の隅々まで、その先までのぞきこもうとしていた。氏が口をつぐんだとき、彼はおそらくわたし自身以上にわたしの心を知り尽くしたのではないかと感じられた。その唇に勝利の笑みが浮かんだようだ。しかたなく謝って、もう一度最初からお話をお願いできませんかとへりくだって言うしかなかった。

動揺の理由を見抜いたのか、不注意にむっとしたのか、氏は、自分の脚元に敷かれた小さな絨毯《じゅうたん》に目を向けたまま、もう一度その病状を説明した。(六頁)

ヴァン・スペンゲル氏は独身である。親類はいない。三十年間、身の回りの世話をする老女が住みこみで働いている。彼は、警察の総本部にある小さなアパルトマンに住んでいる。生活はとても規則正しく、その職務上許されるわずかな自由時間は読書をして過ごす。食事もあまりとらず、さらに注目すべきことに葡萄酒を飲まない。

一八七二年の三月一日の晩、ヴァン・スペンゲル氏がいつもより早く自室に戻ったことは間違いない。上機嫌で夕食を楽しんだ。十一時半に床に就いた。しばらくして、家政婦は大きないびきを耳にした。(三月二日の)朝八時四十五分に、彼は目を覚ました。家政婦トロッスは、呼び鈴が鳴ったので、主人が珈琲を待っていることがわかった。

トロッスの証言では、その朝、氏の様子はいつもどおりで、むしろ普段より少し穏やかなほどだった。

その一日の悲しい惨劇を予感させるものはなにひとつなかった。

旦那さまは——老女は語った——すこしずつ珈琲をすすって一口ごとに「素晴らしい! おいしいなあ!」と叫びました。それからパイプに火をつけました。「なあ」とおっしゃいました。「九時間寝たのに、あっという間だった気がするよ!」そして笑いました。わたしは首を横に振りましたが、口をはさみませんでした。

トロッスは、彼が夜の一時に、部屋のなかを歩きまわって椅子を引きずる音を立てるのを聞いていたのだった。主人の具合が悪いのかと心配して起きだして、そっとドアを少し開けてみると、彼は書き物机に向かって腰かけ、部屋着をまとってナイトキャップをかぶり、書き物をしていた。

九時半、ヴァン・スペンゲル氏はパイプを喫いおわると起きあがった。いつもの習慣で、大急ぎでせっかちに服を着替えた。家政婦に上着を着せてもらい、眼鏡を取ろうとして書き物机に近寄った。家政婦は帽子とステッキを持っていた。

「なんだい、これは？」彼は突然叫んだ。

書き物机に置いてある数枚の紙に気がついてびっくりしたのだ。手に取って初めの数行に目を通したヴァン・スペンゲル氏は、何度も自分の目をこすった。あたりを見まわし、部屋を上から下まで眺めると、ゆっくり紙をめくりはじめた。細かくきっちりと書かれた筆跡を注意深く読むにつれて、さらに驚きは大きくなった。

「誰がこの紙を持ってきた？」ふいに家政婦にたずねた。

「でも、ご主人さま」

彼女は、からかわれていると思って微笑んだ。

「さあ、言いなさい！ 誰がこの紙を持ってきた？ わたしに一言も言わなかったではないか」

「わたしは何も知りませんよ」主人が真剣なのを見て答えた。「ここには誰も来ませんでした」

「いたずらだとしたら」氏は口のなかでつぶやいた。「見事ないたずらというべきだな」

そばにあった肘掛椅子《ひじかけいす》に座ると、家政婦に出て行くように手を振り、声に出して内容を読みはじめた。

三月一日夜、ブリュッセル、ロワ・レオポール街一五七番地の邸宅で発生した殺人事件に関する王立判事宛報告書
いったん止まって、壁に掛けられた日めくりカレンダーを見た。カレンダーは三月

二日を指していた。さきほどヴァン・スペンゲル氏自身が前日の紙を破り捨てたばかりだ。

「悪魔がひっかきまわしているのか、それともわたしが狂っているのか」ぶつぶつと言った。「この筆跡はわたしのものだ！　わたしの字としか言いようがない！」

それから、膝に置いたメモを手の甲で叩いた。

「だが、わたしはこいつを書いてないぞ、本当に」

「ご主人様、失礼ですが……」家政婦がドアを開けて口を出した。

「何だと？」氏はいらいらして応えた。

「申しあげますと、昨日の晩一時から四時まで、ムッシュー、書き物をされていました、それで……」

「おまえ、おかしいんじゃないか？」

「申し訳ありません、ムッシュー、覚えておいでのはずです。あなたの具合が悪いのではないかとわたしは二度起きてきたのです。二度とも、机で書き物をされているのを見ました。ムッシュー、そのあとで寝ておしまいになりました、たぶん、それで……」

「そうなのか！」氏はしばらく考えたあげくに叫んだ。「妙なことだが、そうに違いない。実は、若いころ、夢遊病だったことがあるんだ」

「まあ、なんてことでしょう」家政婦は言った。「夜に部屋のなかを歩きまわっていたのですか？」

「そうだ、マダム・トロッス、そんな感じだった。話したり動いたり、起きているときとほとんど同じことをしていた。ただ二十歳のときに大きな病気をして（ほとんどあの世に行く寸前だったが）、夢遊病がおさまった。再発したのだろうか？　まいったな！　やっかいなことになるぞ！　でもきっと――すこし間をおいて言った――きっと寝ながら書いたに違いない。すぐに医者に言おう。さあ、出て行きなさい、ドアを閉めてくれ」

ヴァン・スペンゲル氏はメモを手にして、最初のページを読んだ。

閣下

今朝（三月二日）、午前十一時……

そこでまた読む手を止めて、ポケットから懐中時計を取りだした。

「妙なものだ！　十時半少し前か。寝ながら書いたとは！……」

とにかく、このとき氏が一気に読みとおした内容が以下である。巻末に掲載された補遺からわたしが書き写したものだ。

閣下

今朝（三月二日）午前十一時、わたしは通達と指令を受けとりに自分のオフィスから内務省に行く途中、グリソル街とロワ・レオポール街が交差する角で、ムルムナン子爵の邸宅の隣にある一五七番地の屋敷の前に大勢の人が集まっているのを見ました。一六一番地に店舗を構えているパスタ屋で暴動が起きたのかと思い、近くのビソ街の入口で警備にあたっていたふたりの警官ルルージュとポワソンに声をかけ、すぐに駆けつけました。ところが暴動による人だかりではありませんでした。ロスタンテイン＝グルニイ侯爵夫人の御者と料理人、そしてふたりの女中が、夫人が所有する二階建ての邸宅の前にいて、一時間半もずっと門扉を叩いていたのですが、門番も、家に残っている女中も、夫人も、令嬢も応答がないのです。

その場にいた使用人たちは、料理人の娘の結婚式に出席するために、夫人から許しを得て、前の晩に、屋敷の外に出ていたそうです。

なにか重大な事件が起きたのかもしれません。みんなの顔に不安が広がっていました。

御者は、扉に足をかけてテラスによじ登り、声をかけようと横木が折れるほどの力で鎧戸《よろいど》を叩きました。家のなかには誰もいないようです。

先に触れておくのを忘れていましたが、わたしより先にジャン＝ロシュ警部が警官六名と現場に到着しており、法律に従って門扉を開けるため所轄の判事のもとに部下のひとりを派遣していました。まもなく判事は秘書といっしょに到着しました。

鍛冶屋が呼ばれてきました。鍛冶屋が鍵の内部をむきだしにしてこじ開けるまで、しばらく時間がかかりました。

わたしたちは群衆整理に六名の警官を配備し、ふたりの証人を選ぶと、彼らと屋敷の使用人たちとなかに入って背後で扉を閉めました。使用人たちは、わたしたちの案内役で、必要に応じて邸内の説明をしてくれるはずでした。

数歩進むと、階段の最初の踊り場に恐ろしい光景が広がっていました。門番が一段目の階段に頭を載せて倒れています。文字どおり、血の海を泳ぐ状態で、両手は切り傷だらけでした。心臓のそばに二つの傷が、下腹部に三つの傷がありました。その光景を見て、女中のひとりルイゾンは正気を失い、激しい痙攣《けいれん》の発作を起こしました。もうひとりの女中ニシェットは階段を駆けあがっていき、泣きながら令嬢の名を呼びました。男たちはぞっとなって、一言も発しません。

警官のマレスクはすぐに医者を呼びに行きました。わたしたちがまだ階段を上りきる前に、ニシェットが、手すりから身を乗りだして叫びました。「殺された！　殺された！」

強盗が屋敷に押し入ったようでした。床には下着類が散乱し、引き出し、タンス、整理棚はすべてこじ開けられ、中身がぶちまけられています。客間のソファと肘掛椅子は元の位置から動かされ、転倒していました。ピアノのそばの寝椅子《デュシエス》[3]に、ロスタンテイン＝グルニイ侯爵令嬢の遺体がありました。

娘は心臓を一突きされて、その場に倒れていました。両手で髪をつかみ、仰向けになり、背もたれに首を載せた姿でした。流れでた血が少し服についていました。

客間から侯爵夫人の寝室に続く扉はどれも開けはなたれていました。奥に、人らしきものを包んだ毛布が見えました。夫人の遺体でした。警官ふたりでようやく包みをほどいたのです。首についた青白い筋から察するに、先に首を絞められ、それから毛布にくるまれたものと思われます。

女中は、隣室の自分のベッドで殺されて横たわっていました。

このとき到着したマロル医師は、被害者を丁寧に調べた結果、四人はおよそ八時間前に殺害されたと結論づけました。つまり恐るべき犯罪は夜中の二時から三時の間に行われたことになります。明らかに犯人は殺害目的で屋敷に入ったのではありませんが、住人が助けを求めて叫ぶ可能性がある以上、人が住んでいる家に侵入するなら殺人も見越していたはずです。

現場を見て、なにが起きたのか、すぐに想像がつきました。

門番は、不審な物音に気がついて起きだして、自分の部屋を出たところで襲われたのでしょう。門番は背が高くがっしりした体格で、勇敢にも暴漢ともみあいになり、身を振りほどいて人を呼ぼうとしました。その手で犯人のひとりを捕まえて絞め殺そ

3　十八世紀フランスで使われた長椅子。

うとしたところを、他の連中に刺されたのです。

一味は上階に侵入すると、何人かは侯爵夫人の部屋に、おそらくその右側から駆けこみ、何人かは女中の部屋に入りました。目を覚ました夫人は、せいぜい頭を上げて目を開くのがやっとで、もう助けを呼べる状態でなかったのです。

それと同時に女中も殺されたようです。令嬢はまだ起きていました。彼女は近くの部屋にいて、不審な物音におそらく気がつき、呼び鈴を引きちぎってしまうくらい何度も引きつづけたのでしょう。犯人のだれかが入ってくるのを見た令嬢は部屋から逃げだし、部屋から部屋へと逃げまわりながら、椅子とか小机とか、肘掛椅子とか、手当たりしだいに家具をひっくりかえしたのでしょう。しかし客間で暴漢たちに囲まれて、寝椅子に身を投げたところを一突きに殺されたものと思われます。

わたしたちは以上の結論に達し、誰もが同意しました。

時間をかけて綿密に調べてみると、銀食器類や宝石や貴重品がいっさい持ちさられていることが判明しました。

犯人はいったい家のどこから、どんなやり方で侵入したのでしょう。捜査は難航しました。

門扉は頑丈で、内側から閂《かんぬき》が掛かっていて、きわめて複雑で精巧な英国製の施錠機構で閉ざされており、壊された箇所はありませんでした。窓の明かり取りは内からも外からも固定され、破られた形跡も見当たりませんし、庭の入り口を閉めきっている鋳鉄製の門扉の鍵に問題はなく、地下倉庫の壁は無傷です。地下倉庫の奥に小さな扉があってミニョン小路に通じていますが、そこには閂が掛かっています。屋根にも屋根裏部屋にも異状はありません。つまり、犯罪者の尽きせぬ悪知恵が警察を挑発するような、例の厄介な難題に直面したのです。

わたしはロワ・レオポール街に面する窓の敷居にもたれかかって、しばらく思いを巡らしていました。すると、突然……

「なんだい？」ヴァン・スペンゲル氏は読むのをやめた。

そしてドアの隙間から顔をのぞかせたトロッスに向かって、問いかけるように厳しい視線をぶつけた。彼女は、名刺を指先に挟んで差しだした。

「ああ、グラール君か！」ヴァン・スペンゲル氏は叫んだ。「うっかりほったらかしにするところだった！　なんてことだ。十時四十五分だって？　残りはあとで読むことにしよう。トロッスさん」そしてどこか滑稽なしぐさでその手書きのメモをポケットに入れながら、ささやいた。「みんなが作家や小説家になりそうだ。あのポンソン・デュ・テライユ[4]みたいに、どうだろう？」

「そりゃいいですね！」何もわからないまま、トロッスは答えた。

「それも、苦労せずに目をつぶったまま小説を書くんだよ、寝ているあいだにね！」

「そりゃいいですね！」

ヴァン・スペンゲル氏は家政婦に頭の先からつま先までブラシをかけさせ、鼻先にずりおちた眼鏡を落ち着いて押しあげると、山高帽子をかぶりステッキを手にとった。これからグラール君のところへ食事に行くんだと家政婦に告げた。グラールは午後一時まで待っていたが相手は現れなかった。ヴァン・スペンゲル氏はその日一日姿を見せなかったのである。

氏の身に起きたことを少しでも推測できたかどうか、読者の皆さんにご判断いただきたい。

ヴァン・スペンゲル氏は職場の自室に行きもせず、急いで階段を降りると、ルーレ街を横切って、グリソル街の真ん中に出た。擲弾隊《てきだんたい》の大佐であるド・ランシー子爵は、カフェ・ド・パリの少し先で氏に出会って、数分間話をした。友人はまったく落ち着きはらっていたと、子爵もやはり家政婦の話を裏付ける証言をしている。

ヴァン・スペンゲル氏は、文書に書かれている事件にひどく衝撃を受けていた(それも当然である)。ド・ランシー子爵との短いやりとりが記録されている。

ヴァン・スペンゲル「きみは不条理を信じるかい?」
ド・ランシー「とんでもない!」
ヴァン・スペンゲル「それじゃあ、今晩、びっくりするような話を聞かせてやろう」
ド・ランシー「今じゃどうだ?」
ヴァン・スペンゲル「今は急いでいるんだ」

クロワッサル医師は、グリソル街でヴァン・スペンゲル氏に出会ったと証言する人

4 フランスの作家ピエール＝アレクシス・ポンソン・デュ・テライユ(一八二九―一八七一)。怪盗ロカンボールを主人公とする新聞連載小説で知られる。

をさらに四人挙げている。四人とも同じ証言内容だった。

サン・ミッシェル教会からグリソル街がロワ・レオポール街に突きあたるところまで、ヴァン・スペンゲル氏は仕立て屋のルブルナンといっしょだった。警察署長である氏に頼みごとをしていたルブルナンが最初に、氏の顔に突然深い動揺が走ったのに気づいた。

「ああ、なんてことだ。なんということだ」氏は叫んだ。

グリソル街からロワ・レオポール街に出たところで、ムルムナン子爵邸のそばにたくさんの人が集まっているのが見えた。ちょうどロスタンテイン＝グルニイ侯爵夫人の玄関の前だった。

とはいえ——ルブルナンは語る——その動揺は長続きしませんでしたが。わたしはびっくりして顔を見ました。彼ほどの人が、たかが百人程度の人だかりに動揺するなんて珍しいですからね。何かもっと危ないことだろうと思って、真っ先に自分の店を閉めに行こうと考えました。暴動が起きると思ったんです。
「すまんな」あの人はわたしにそう言うと、右手の道、ビソ街のほうへ行きました。

わたしはそれを眺めていました。

しばらくすると彼はふたりの警官と戻ってきて、人だかりへと向かいました。

わたしは野次馬に加わりました。みんな足を止めて、何が起きたのだろうとしゃべっていました。ああだこうだと言いあっていたのです。（七十頁）

群衆は警察署長の姿を見ると、道を開けて通した。ヴァン・ロスタンテイン＝グルニイ邸の正面バルコニーに梯子が掛けられていた。ヴァン・スペンゲル氏が正門の前に来ると、梯子から降りてきた男が大声で言った。

「ぐっすり眠っているんでしょうね」

氏の顔が青ざめた。自分が書いた文書と現実とがあまりにも明白に一致していたのだから、もっと強い精神の持ち主でも混乱したに違いない。自分自身に鞭《むち》打って、高まる興奮を最後まで自制したところを見ると、氏の性格は鋼鉄のように強靭だったと言うべきだろう。

ここでクロワッサル医師のことばを借りよう。

夢遊病状態で見たヴィジョンが――クロワッサル医師は記している――現実の事象で裏付けられるという恐るべき体験をしたヴァン・スペンゲル氏の精神に何が起きたのか、それを正確に突きとめるのは困難である。ラメール判事は現場に到着したとたん、警察署長のぎこちない表情に気がついた。署長はぼうっとしてあたりを見まわし、いらいらした様子で、乾いた唇を鳴らしていた。顔色はほとんど灰色で陰鬱な土気色《つちけいろ》で、呼吸はあえぐようだった。ラメール判事は何度も話しかけたが、ああ、うん、といった短い答えしか返ってこなかった。

屋敷に入った。

門番の死体を見たヴァン・スペンゲル氏は、「おおおお！」と長く引き伸ばした声を上げた。そして何度も額に手を当てた。階段を上っていくと、顔に汗が流れだした。何度もハンカチを取りだして手と顔をぬぐった。客間に入ると、令嬢の死体の前でじっと動かず、両手で頭を抱えた。

ラメール判事は慌てて、気持ち悪いのかとたずねた。

「少し気分が悪いんだ」ヴァン・スペンゲル氏は答えた。

そしてロワ・レオポール街に面する窓のそばに行った。

現場検証に加わって欲しいとラメール判事に頼まれても、氏はそっけなく「やってくれ」と答えただけだった。

それから頭《こうべ》を垂れて、組みあわせた手を顎と唇に当てると、通りに背を向けた姿勢でじっと物思いにふけった。（百三十頁）

そんな状態のヴァン・スペンゲル氏を目撃したのはマロル医師である。しかし、しばらくして令嬢の傷を調べおわった医師がふたたび目をやると、氏は窓敷居に肘をついて、げんこつに顎を乗せてじっと群衆を眺めていた。

半時間ほどそのままでいたらしい。ラメール判事は現場検証を終えて、この後の捜査について相談するべく、ヴァン・スペンゲル氏に近寄った。判事は、召使いたちが、少なくとも彼らのうちの誰かが犯罪にかかわったと考えた。

「すぐ召使い全員を逮捕するのがよさそうだ。事件の細かな状況は、明らかに家の関係者の誰かが絡んでいることを示している」

「ちょっと待ってくれ」ヴァン・スペンゲル氏は少し考えて答えた。

氏は、部屋の反対側にある長椅子にゆっくり歩みよって座り、上着のポケットから縦に折った数枚の紙を取りだすと、何枚か先に飛ばして、丁寧に読みはじめた。

その瞬間、氏の顔にとても奇妙な表情が浮かんだ。

豊かなグレーの頭髪が、恐怖を覚えたかのように逆立った。空気を吸うように頭を持ちあげるたびに眼鏡の水晶がきらめいて、まなざしと顔つきの不吉な輝きはいっそう強くなった。額のしわが体内の電流で歪んだように見え、顔の筋肉が激しく動いているのがわかった。ゆがめた唇をぎゅっと結んで突きだし、絨毯に足を強く擦りつけた。

「警察署長ってのは、こんな人ばかりなのかね」ラメール判事はマロル医師にたずねた。

「わたしにわかるわけないでしょう」答えたマロル医師は、相手以上にびっくりしていた。

十分間が過ぎた。

ヴァン・スペンゲル氏は、ラメール判事とマロル医師が待っていた窓のほうに急いでやってきた。

「では、どうします?」ラメール判事がたずねた。

「いや」ヴァン・スペンゲル氏は答えた。「あなたのやり方だと、無実の人を逮捕してしまう。お待ちください。わたしに任せて。マレスク！　ポワソン！」

すぐにふたりの警官がかけつけた。

「すみませんが、そちらに移ってください」ヴァン・スペンゲル氏は医師に言った。「ひとりずつ、わたしと同じように窓から外を見るんだ」それから警官のひとりに命じた。「何気ないふりをしろ。わたしの指示をよく聞くんだ。注意して見ておけ！」

そして、その警官マレスクといっしょに窓から顔をのぞかせた。

ラメール判事は、こんなやりとりを耳にした。

ヴァン・スペンゲル「カドル宝石店の入り口の横に、金髪の男が見えるだろう？」
マレスク「グレーの上着の、ポーランド風のベレーをかぶったあの男ですか？」
ヴァン・スペンゲル「そうだ。あいつの風体をしっかり覚えておくんだ」
マレスク「千人の人混みのなかでも見つけてみせますよ、署長殿！」（二百五十頁）

ふたりは窓から顔をひっこめた。

「次はお前だ、ポワソン」

そして、署長はもうひとりの警官を相手に、同じ命令を与えた。

その時のヴァン・スペンゲル氏は、もはや先ほどと同じ人物には見えなかった。落ち着いて、警察署長にふさわしい真剣さで、やつぎばやに指示を与えた。

「さあ、始めるぞ」と部下のポワソンに言うと、ため息をついた。「わたしたちはミニョン小路から出ることにしよう。ここには馬鹿な野次馬が大勢いるからな！　マレスク、お前は、気がつかないふりをして、あの金髪に近寄るんだ。そうすればお前の制服の色にすぐいらだつはずだ。その場から立ちさるだろうから、お前はそばにいて、気づかれないよう尾行しろ。ポワソンはわたしといっしょに来い。ドクトル、判事さん、四半時もすれば殺人犯のひとりをここに連れてきますよ。お待ちいただけますか」

「本気で言っているのかね？」判事は医師に言った。

「さあな！」医師は肩をすくめて答えた。

「確か、カドルの店だと言ったな？」

「ああ、宝石店だ。あそこに見える！」

ふたりとも信じられずにいたが、好奇心に駆られて、窓から顔を出した。

三千人以上の人が狭い道に集まり、警察当局の捜査結果を知ろうと釘付けになって、顔を上に向け、ロスタンテイン＝グルニイ邸の窓を仰ぎ見ていた。矛盾したわずかな情報が流れて、想像力をかきたてられていたのだ。

マレスクは、カドルの店に向かうまで何度か立ちどまった。

ヴァン・スペンゲル氏が指し示した金髪の男は、しばらくその場に落ち着いて留まっていたが、二、三歩、それから十歩ほどエグモント広場に向けて歩きだし、振りかえらずに姿を消した。マレスクはそのあとを追って見えなくなった。署長と警官ポワソンはふたりを十歩ほど後ろから追いかけていき、エグモント広場の少し手前で、ポワソンは署長から離れた。そのあと、判事と医師からは誰の姿も見えなくなり、ひどく驚いた。

金髪の男は、ヴァン・スペンゲル氏が言ったとおり、マレスクの制服の色にいらだって、どんなに敏感な人でも気がつかないほどさりげなく、その場から抜けだした。

三十歳くらいで、下向きの濃い長い口髭《ひげ》を生やし、空色で澄んでいるが落ち着きのない目をしたその金髪男は、どの社会階層に属するのか特定できない輩だった。

怠惰で放埒な暮らしに慣れた気品を漂わせ、奇抜な服装を着こなしていた。ポーランド風のベレー帽にパリの靴、ハンガリーのジャケットとアメリカのネクタイと、異なるスタイルの寄せ集めだ。しかし、その寄せ集めが奇妙な人格と食い違うことなく調和していた。誰も彼を見て殺人犯だとは思わないだろう。少々いかれた芸術家だと一目で判断するに違いない。

ヴァン・スペンゲル氏は以前に、電撃のような明断な直感――正真正銘の天才のひらめき――の驚異的な例を示したことがあった。荒っぽい警部と高等警察官の差はここにある。たとえば氏は、まったくかけ離れて見える出来事の深い関係を発見し、他人を欺こうとする文やことば、しぐさの裏側を見抜くことができ、一見すると無意味な事柄を重視して、発見不可能と思われた解決口を示す偶然を巧みにとらえてみせた。その捜査は、鋭敏に状況を察知し相手の行動を見越して不意をつく闘いであり、そこで見事な成功を収める満足感が、高等警察官の報いられない仕事の埋め合わせとなった。

しかし、今回の場合は違っていた。ヴァン・スペンゲル氏は、夢遊病の自分が書いた文章の後半を読んで、前もって書かれた尋問調書にその後起きる事態を逐一見つけていて、その日の行動計画をそのまま実行したと言うべきだろう。文書の前半部分がきわめて見事に現実と一致していたからだ。

金髪の男はエグモント広場で右に曲がったとき、目の端で警官の姿をとらえた。そして自分がつけられていると気がついた。歩幅を広げて、トロワ・フ小路の近くで大胆な行動に出た。ある門の前でつと立ちどまると、すばやくなかに入っていった。その家にはレーヌ街の側にもう一方の出口があったのだ。二十秒間だけ姿を消せれば思いどおりになるはずだった。

レーヌ街をレストラン〈デザルティスト〉に向かって走る数台の荷車を利用して、男はすばやく荷車の影に回りこむと、元の足取りに戻った。尾行相手を見失ったマレスクが人混みのなかを探しているあいだに、男は狭く曲がりくねった汚い小路に消えた。大都市の中心部によくある奇妙な小道のひとつだ。

だが男の目論見は外れた。

ヴァン・スペンゲル氏は遠くから男を見つけだしていたのである。

金髪の男は、八百屋が青菜を並べる露台とユダヤ人の雑貨売りが古着を吊るす陳列台のあいだにある、人目につかない小さな扉をくぐった。

ヴァン・スペンゲル氏は、ポワソンとマレスクを従えて建物を一瞥した。そして一言も言わずに、入り口からすぐに始まる階段を上りはじめた。

天井のない廊下のような広い通路に出た。床は崩れて古い煉瓦が島のように点在している。寒々として陰鬱で不気味な場所だった。扉にしるされた赤い大きな番号が六部屋あることを示している。しかしあたりはひっそりと静まりかえり、建物に人はいなさそうだった。

ヴァン・スペンゲル氏は五番の扉に近寄ると、指の背ではっきり三回ノックをした。

「誰だ？」よく通る、男の声が聞こえた。

「警察だ」

戸口にガウン姿の男が現れた。四十歳ほどに見える。剃りあげた顔に髭はなく、髪は長く黒い。鼻先に眼鏡をかけて、本を手にしている。

「お邪魔かな？」ヴァン・スペンゲル氏は三色[5]の徽章を示し、かすかな皮肉をこめてたずねた。

「いえ、ちっとも」相手はお辞儀をして応えた。「警察の方が訪ねて来られるなんて誰より大歓迎です。なんでもおっしゃってください、ムッシュー」

ふたりの警官は肩をすくめて、顔を見あわせた。

「バソッタンさん」ヴァン・スペンゲル氏は、燃えるような視線を男の顔に向けて言った。「バソッタンさんと言いましょうか、コリシャールさんとお呼びしましょうか、それともお望みならばアナトール・パルダンとお呼びしましょうか。お好きなものをお選びください！……（相手は、この三つの名で呼ばれて驚きを隠せなかった）。あなたは昨晩、深夜の二時十五分、ロワ・レオポール街一五七番地のロスタンテイン＝グルニイ侯爵夫人の屋敷に侵入しましたね……ロンドンのブラックに十月に作らせたイギリス式の二つの道具を使って扉を開け、その場には仲間のブロシュ、ヴィラン、シャスル、カロットとプーランがいた」

言われた男は、首を横に振って否定しながら、びっくりしてヴァン・スペンゲル氏を見つめた。

「そして、最後にその屋敷を出たのもやはりあなただった」ヴァン・スペンゲル氏は先を続けた。「扉を開けるのに使った道具を使って閉めたのです。外に出たとたん、

5　ベルギー国旗。

仲間たちと歌を歌って大騒ぎをした。それから四方に分かれて、三十分後にこの部屋に集まり、取り分を分配した」

「でも、あの」相手は落ち着きはらい、猫なで声で微笑みながらさえぎった。「それは何かの間違いですよ。わたしは正真正銘バソッタン医師で、ブルージュで外科医をしています。ほら、専門書と手術器具があるでしょう。こんな捜査を受けるとはびっくりです。きっと、何か間違いがあったんでしょう」

「アナトール！」警察署長は相手の耳元にそっとささやいた。「わたしは、お仲間が知らないことを知っているんだよ。きみが例のダイヤモンドの首飾りをどこに隠したのかを。きみはあの首飾りを奇術師のような巧みなテクニックで消してしまい、連中はそれに気がつかなかった！」

「ああ、あんたは悪魔だ！」

そう言うとアナトールは木の葉のようにぶるぶると震え、壁にもたれかかった。

「ガウンを脱がせなさい」ヴァン・スペンゲル氏は部下に指示した。

パルダンは逆らわなかった。

「かつらを取りなさい」

これにもパルダンはまったく逆らわなかった。

ガウンの下の服になり、かつらの下から金髪が現れると、そこにいたのは尾行されていた例の金髪青年だった。ふたりの警官はびっくりして目を見張った。

「口髭も直していただけますか！」ヴァン・スペンゲル氏は重々しく言った。

すると、パルダンは何か強い力に操られているように、ぎくしゃくした動作で偽の口髭をポケットから取りだして、前のように顔に付けた。

「では手錠をかけなさい」

パルダンは手を差しだすのを一瞬ためらったが、マレスクがその両手を合わせて、ポワソンが親指に小さな鉄器具をかけるのに抵抗しなかった。

ヴァン・スペンゲル氏は床のあちこちをこつこつと叩き、ステッキの先で煉瓦を掘り起こした。穴が開いた。ポワソンはそこからいくつもの箱と二つの包みを取りだして机に置いた。ヴァン・スペンゲル氏は箱をひとつずつ開け、なかにあった金細工類、宝石の類を確認して丁寧に元に戻した。

ヴァン・スペンゲル氏がこうして捜査を進めていた一方、ラメール判事とマロル医師は犠牲者のさまざまな傷跡をさらに詳しく調べて、どのように事件が起きたのか、憶測の迷宮に迷いこんでいた。

ふたりがひどく心を打たれた小さな出来事があった。侯爵令嬢の部屋にいたときのことである。

——この部屋ではなく客間で殺されて見つかったのはなぜだろう。令嬢は真夜中の二時半に起きていた。いったい何をしていたのだろう——

先にマロル医師が小机の書きかけの手紙に気がついたが、目を通さなかった。高潔な性格の持ち主で、死者の秘密、若い娘の秘密をのぞこうとしなかったのである。

それに対してラメール判事は、自分が担当する公判資料として取扱い、手紙を読んだ。

以下の文面が、後日、ベルギーの新聞各紙に掲載された。

親愛なるあなたへ、

わたしはうれしいのです。このことばをすぐにあなたに伝えなければなりません。

この手紙を最後まで読んだらよくおわかりになるでしょう。うれしいのです。もしこのことばを胸に隠しておいたら張りさけてしまうかもしれません。ああ、いつ死んでもかまいません。今日は、うれしいのです。うれしすぎるほどです！

考えてみてください。夜の十一時半に書きだしました。今、真夜中の一時なのに、まだ書きだしです。でもこの二時間半ずっと、あなたと話すことしかしていません。まるで目の前にいるかのように、大声で。ああ、大切なあなた！……

思いが湧きだし、感情がはじけて、書くペンが追いつきません。手紙や会話がなくても、恋人たちが遠く離れて互いをわかりあえるのはなぜでしょう。そう、言いたいことはたくさんあるのに、なかなか前に進めません。さあ、まじめな話をしましょう。

あの人はわたしを愛しています！

今朝、客間で二分間だけふたりきりになったとき、わたしに伝えてくれたのです。話を聞いて、わたしは小さな子供のように震えました。あの人はもっと震えていました。最初のことばはよく聞きとれなくても意味はわかったので、返事をしたんです。ひどく動転して！　あの人はとびきり優しくて、まるで幸せにして申しわけないと謝るようでした。

わたしはすぐに庭に出ました。こらえきれなかったのです。うれしくて、頭の先から足先までぶるぶる震えて、体は羽毛みたいに軽くなりました。そこにあるすべてが微笑んで、香りにあふれていました。花は、なんとも言えないほど可愛らしく揺れて挨拶してくれました。噴水盤の水がつぶやく悪戯《いたずら》のかずかずに、心がぞくぞくしました。それまで知らなかった喜び！

小道を走って行き、足をとめました。花のにおいを嗅ぎ、手にとって触れたり、震える手で噴水盤の水を揺らしたりしました。

ことばひとつでこんなふうに変わるなんてありえないことに思えます。真面目になろうとして、どうしてもできませんでした。そんな少女みたいなしぐさで喜びを表すのは愛の神聖な感情を汚してしまうようで、自分にいらだちました。それなのに、さらにむごいことをしたんです。また駆けだして、飛びはねたり……かわいそうな花！　わたしの手で傷つき、葉や花冠がひしゃげました。葉をむしりとったり……でも！　幸せな人は残酷なものですよね。

彼はわたしを愛している！　わたしに言う必要があったでしょうか。いえ、そんな必要はなかった！　とはいえ、落ち着いていられませんでした。ずっとそうかもしれないと思いながら、朝から晩まで苦しんでいたんです。でも今は！……

ラメール判事とマロル医師は目に涙を浮かべた。愛情あふれるこの文章を生んだ心臓はもう鼓動していないのだ！

ヴァン・スペンゲル氏が、逮捕した青年をふたりの警官に連行させて後ろに従えて入って来ると、それを見たラメール判事とマロル医師は驚いて顔を見あわせた。ヴァン・スペンゲル氏は激しく興奮しているようで、見ていて怖いほどだった。

「署長さん」ラメール判事は言った。「それでは供述書を取りましょうか」

「その手間はいりませんよ」呆けた微笑みを浮かべ、よろよろと進み出たヴァン・スペンゲル氏はことばを詰まらせながら言った。「供述書はここにあります！……」そして文書を差しだすと、大声を上げて痙攣したように笑った。

正気を失っていた。

クロワッサル医師の著書は、あらゆる意味で非常に興味深い（彼はブリュッセルの精神科病院の医者である）。病理的心理学の奇妙な現象にかんする深い洞察で締めくくられており、そのことばは一読し、熟考する価値がある。彼はこう結んでいる。

きわめて例外的で明らかに病的な症例において我々の体がこれほどの能力を発揮するのを見ると、現在の能力が自然に課された限界であると誰が言いきれるだろうか？

一八七三年三月二十五日　カターニアにて

未来世紀に関する哲学的物語
西暦二二二二年、世界の終末前夜まで

イッポリト・ニエーヴォ

Title : Storia filosofica dei secoli futuri
1860
Author : Ippolito Nievo

序

類推の科学によって、地上ではアメリカ大陸が、天空ではルヴェリエ[1]の惑星がもたらされた。それはダンスホールや芝居小屋で人気になる女に似て、みんな彼女が美人だとは言わないのにすぐに惚れてしまうタイプの女性だ。類推の科学が、プラトンを受け継いで、永遠に若いまま変幻自在の色の翼で人智の究極の境を飛びまわるのに比べ、実験科学は、ガリレオと同時代の愛煙家で、眼鏡を掛けていながら郵便道路の小石につまずくような女性だ。それに値するものに栄誉あれ。

わたしが観察したのは、庭師が人工的に季節を進めて植物の開花を早める様子だった。真冬に暖かい温室で蕾みを開いた薔薇は、まだ眠っている妹の薔薇に対して香りを放ち、彼女らにとっては未来の一年間を語って聞かせる。それを観察していたわたしの辛抱強さは並大抵ではない。パレストロとソルフェリーノの戦い[2]があった年に、いったい誰が薔薇のことなど気にかけるだろう。しかしさらに驚くべきは、そこからわたしが導きだした結論である。つきつめてみれば、人間は植物に似ているし、植物は人間に似ている。万物が創造された時点において、そして素材の点で、我々はみな親類なのだ。人間の思考において早咲きが生じないとか、哲学と化学は意味なくこの世に生まれたということがあるだろうか。わたしはそんな戯言を信じたりせず、リービッヒ、シェリング、カリオストロ、ゴリーニ教授[3]について調べつくした。そうやっ

1　計算で海王星の位置を予測したフランスの天文学者ユルバン・ジャン・ジョセフ・ルヴェリエ（一八一一―一八七七）。計算・理論による類推の科学と、観察に基づく実証科学が対比されている。

2　第二次イタリア独立戦争において、一八五九年、フランス軍と連合したサルデーニャ軍がオーストリア軍に勝利した戦い。

3　化学肥料を作ったドイツの化学者ユストゥス・フォン・リービッヒ男爵（一八〇三―一八七三）、ドイツの観念論哲学者フリードリヒ・シェリング（一七七五―一八五四）、「カリオストロ伯爵」を自称したパレルモ生まれの詐欺師ジュゼッペ・バルサモ（一七四三―一七九五）、遺体保存技術を発明したイタリアの科学者パオロ・ゴリーニ（一八一三―一八八一）。

て着手したあの幸運な実験について語ることにしよう。用意したのは燐を半オンスとプルトニオを一ドラム、[4]このふたつは謎に包まれた人類の根源を構成する元素である。両者をしっかり混ぜあわせ、そこから知性の受動的媒体とされる微小粒子を抽出した。続いてこの秘密の原子を、変色しない上質の黒インク一瓶に溶かしこんだ。動物磁気によって意思と知性を適度に含めた紙にこのインクを垂らして、輝くような漆黒の大判の紙二枚を作りあげた。ここから大実験の巧妙な仕掛けが始まる。その紙を、三百六十三の冬と三百六十三の夏に相当する平均気温に交互に集中して晒した。見事な奇跡が起きた。ドイツ人批評家ですら文句がつけられないほど精密に、未来の三世紀にわたる思考が開花したのだ。硝酸銀で洗った写真のネガのように、真っ黒に見えた紙面に、最初、白い記号がいくつか現れた。それからいくつかの文字が、特に頭文字が拡がって、そして語全体が描かれた。最終的には、優雅な筆跡で記された物語が姿を現した。それを筆写したのが以下の文章である。魔法の手段を使ってわたしが思考を盗んだ未来の脳髄の持ち主には、このささやかな窃盗の許しを請いたい。それはほとんど喜べるような内容ではなかったし、こうして勝手に使ったことが彼にとって有益になったかもしれないのだから。

第一巻　チューリッヒの講和からリュブリャナの講和まで

神の恩恵により現在のわたしは幸福で怠惰な二二二二年を過ごしており、著述行為は無意味な愚行として廃れてしまったが、退屈を紛らわすために、曽孫が曽祖父よりも劣っていないと示すために、そして現在、わたしたちが幸せだと思わない人に説明するために、この三世紀の歴史を書き記すことを決心した。

素晴らしい良識を備えた世界共和国の第二代総大司教が、西暦二〇〇〇年以前の書籍をすべて破棄するという賢明な決断をしたおかげで、文体を選ぶ必要がない。最も短い文体、すなわち真実の文体を用いることにしよう。

4　当時のオランダの生理学者ヤコブ・マレスホット（一八二二―一八九三）は「燐なきところに思考はない」と主張した。ゴリーニは地質学者としてジェイムズ・ハットン（一七二六―一七九七）の火成説《プルトニズム》を受け継ぎ、火山形成の原因に原始的な液体プルトニオがあったと主張し、植物、動物の生命活動も同じ物質によって説明した。元素としてのプルトニウムの発見は一九四一年。

古文書の記録によれば、一八五九年前後に、数人によってチューリッヒの講和が結ばれたという。[5]しかし、締結した人たち自身、その講和に満足しなかったらしい。というのも、散会する前に、その場でうまく処理できなかった諸問題を解決するため、新たな会議を予定したからだ。[6]

本音を言えば、わたしはこの話をなかなか信じられない。だが、当時の事情がまったく闇のなかで、史料が絶対的に欠けている以上、一般的に伝えられている記録をそっくり信用するしかなく、純粋な批判精神がこうした伝承に投げかける疑いを挙げるにとどめよう。

当時の人たちは、彼らの言によれば異なる方法で判断されるべき争いに終止符を打つことをどうして中断してしまったのだろう。そんなことをしたのは、後の会議でとりけすためだったのか。それならすぐに会議をしたほうがよかったのではないか。あるいは利害関係にある当事者の手に議論を委ねるほうがよかったのではないか。最初の会議と二度目の会議の違いは、最初は議論していたのが三人きりだったのが、次には十人か十二人になっただけだ。だとすれば二千万人、三千万人、さらに一億人もの訴訟人に対して、三人が十二人になったとして、その判断の法的根拠と正当性がどれだけ増したというのだろう。わたしは良識に基づいて判断をしているのだ。そう考えると、そのチューリッヒの予備交渉はほかにもましていっそう夢物語のように見えるのだが、伝え聞くところは明確である。我々の先達の敬うべき大失敗に異議は唱えずにおこう。

当時は、過度に盛りあがった情熱が過ちを生み、オムンコロ、つまり機械仕掛けの模倣人間がまだ発明されておらず、国家間の不和に決着をつけるために戦争と呼ばれる手っとり早い手段が使われていた。これは人間を破壊するためにあえて発明され、完成された技術であった。当時の人々は粗暴で凶悪であったので、この技術は大いに文明に貢献した。残念なことに、そのころは最も粗暴で凶悪な人の側もこの技術を使っておとなしく良い人々を虐げ、利益を得ていた。だがこのおとなしく良い人々が、まさに一八五九年、虐げている人から学んで、いわばそれ相当の仕返しをしたのである。その後の数世紀にとってきわめて重要なこの出来事が起きたのはイタリア北部

5　一八五九年七月フランス軍が単独でオーストリア軍に対してヴィッラフランカで休戦を申しこみ、十一月にチューリッヒで和平条約を締結。
6　一八六〇年一月にパリで予定されていた会議を指す。実際には行われなかった。

だった。戦争という血なまぐさい実力行使が国際法から除外された理由については、世界が豊かになりオムンコロが増えた時代で大きく扱うことにしよう。

さて、チューリッヒの講和によって、実際に平和になったかどうかはさておき、全員が不満を抱くことになり、また戦争をする必要がでてきた。そもそも最初に戦争が始まったのは、ドイツ人によって重税、人頭税、投獄、さらには検閲で虐げられていたイタリア人が、自らの家の主人になろうとして、ドイツ人を山の向こうへ追いかえそうとしたからだった。検閲は知性に対する口輪のようなものだったらしいが、どんな仕掛けだったのか今となっては想像もつかない。これに続いた戦争はそれとまったく一続きの戦争で、それにより、前の戦争によってうわべだけ手にした書類上の事柄を現実に手に入れるためのものだった。

イタリア人のこうした意図は、現在からすると野蛮に思われるが当時は賞賛すべきものであり、彼らの品の良さを示していたのだが、不幸なことに、チューリッヒの講和の条項によって押しとどめられた。会議では、野獣に棍棒を向ける前に、わざわざ道理を説いて聞かせるべきだとされたのである。それも仕方ないこととはいえ、せめて相手がしつけられた野獣であればよかったのだが、しかし当時のイタリア人が相手にしていたのはめったにない生粋の野獣であった。イタリア人は多数派である強者の主張に合意した。三人の意見を聞いたつぎには、十二人の意見に耳を傾けた。

ただひとり、会議の席に着いて耳を傾けようとしなかった人物がいた。ほかの人は闇に忘れ去られるのがふさわしいとしても、この人の名は救われるべきだ。ガリバルディ将軍[7]である。ヨーロッパが「会議だ！　会議だ！」と叫ぶと、ガリバルディは「戦争だ！」と応えた。外交官たちが「ペンを！　紙を！　インクを！」とささやけば、彼は「銃を！　銃を！」と大騒ぎした。彼はあまりにも無謀に見えたが、実は思慮深かった。もし彼の言うとおりにしていたら、隷属と涙と恐怖は数年間短くなっただろう。事実、会議ではみんなが話をしたが、ほんとうに決断すべき人物は除外された。だれからも信じられなくなった教皇や枢機卿たち、背中を棍棒で殴られて国を追いだされた国王や公爵たち、引退した警官や大臣たちが、仰々しい肩書を振りかざして主要会議の前に厳かな演説をした。民衆も演説をしたが、彼らに対してはその苦し

7　ジュゼッペ・ガリバルディ（一八〇七―一八八二）。イタリアの指導者で愛国者。すぐ後の記述にあるように、一八五九年、ガリバルディは、イタリア統一運動の軍事資金として「百万丁の銃のための資金」を創設した。

さが半分になっただけでも十分な恩恵だとみなされた。こうしてヨーロッパの新しい公共権力体制が出来上がった。その悪名高い残虐さと馬鹿さ加減について簡単に触れておこう。

不実で皮肉な言い伝えのせいで、あやふやな残骸の寄せ集めにさらに問題が加わったのだと思う。そしてその言い伝えが、さらに馬鹿馬鹿しい矛盾した風変わりなもの、すなわち彼らの言う「十五年の条約」[8]についてどう述べているのかわたしには理解できない。おそらく日付の間違いか混乱のせいだろう。この条約と、今話題にしている条約は、確かに同じひとつのもののはずだが、これほどほら吹きで間抜けな無定形なものは見たことがなかった。

だからといって、わたしは、この当時、政界に知恵と勇気のある人物がいなかったと言うつもりはない。しかし、その一年間を正しく生きる術《すべ》を学んでおらず、十九世紀の遺産の一部を十八世紀、十六世紀、さらに過去へと送りかえしたいというごまかしは、優秀な人々の思想を混乱させ、その良き意志を損ねていた。

記憶はよいものであるが、良識はそれよりはるかによい。記憶は、詩作をする上では驚くほど効果的だ。しかし政治の世界において人々が良識から離れはしないだろうとわたしは信じている。良識が必要であると納得させるには、あの不吉な会議の不可解で不幸な記憶を思いだせば充分だろう。[9]

教皇は、教皇であり王であり君主として残されただけではなく、教皇の三重冠ではあまりにも足りないと思われて、さらに第四の小さな冠がかぶせられた。気まぐれな人々に対してよくわからない保護権を持つことになった。人々は何世紀もの間、もはや教皇から保護されたくもないし、金を巻きあげられたくもない、教理問答の教えなどうんざりだと叫んでいたのである。[10] ドイツ人はヴェネツィアを手にしたままだったが、それには、人の良いところを見せること、ドイツ人をひどい目に遭わせてやると誓った民族を満足させること、という条件がついていた。何人かの公爵の領地が変わり、いくつかの古い制度は名前を変えた。ナポリの王[11]と、とくにその民衆は満足して、

8 一八一五年のウィーン会議で定められた条約。
9 註6と同じ、一八六〇年に予定されていたパリ会議を指す。
10 教皇支配の連邦制によるイタリア統一案を指す。
11 ボルボーネ家フランチェスコ二世（一八三六―一八九四）。一八五九年に父フェルディナンド二世の後を継いだ。

万歳を叫んで劇場へ戻り、無邪気にイタリアが解放されたと信じることにした。

民衆は、ポレンタ[12]を木べらで練る苦労をせずに出来上がりを気楽に待ちたいと思って、会議に任せていたが、出てきたのがごちゃごちゃした味のスープであったのを見ると、昔ながらの習慣、最初の衝動である騒動へと立ちもどり、ふたたびガリバルディを呼び寄せた。ドイツ人たちは、その父にしてその子ありで、人の良いところをみせようとヴェローナとマントヴァから出て行ったが、思慮分別の点でイタリア人は父親の父親の代から変わらなかった。そこでドイツ人は、その間かなり増強された兵力を利用したり、脆弱な弱小政府が転覆したおかげで容易になった和平を使ったりして、イタリア人の勢いを食いとめようと努力した。ナポリはもはやボルボーネ家ではなくナポリ王国であり、ポー川に七万人を派遣した。ピエモンテとロンバルディアからはすでにミンチョ川に八万人を送っていて、トスカーナとロマーニャから六万人が送られた。教皇と枢機卿たちは、終わらないコンクラーベのようにローマに取りのこされ、教皇領守備兵のおかげというよりは、慈悲深い忘却のおかげで守られた。

フランスは何ができただろう。最初の勝利の名誉と成果を失わないよう、第二の勝利の取り分を確保した。イタリアは、隷属は自分自身のせいだと言われないよう、オーストリア軍を包囲してそのねぐらへ追いかえした。フランスは、良すぎる忠告を与えたと言われないように慌ててイタリアを助けて、オーストリア兵をねぐらから追いだすのに手を貸した。そしてヴェローナ占領のあと、カステルフランコとポルデノーネ[13]の勝利に続いて、リュブリャナ[14]の講和が結ばれた。この講和は、ユリウス二世[15]の表現を使えば「イタリアを蛮族から解放」したばかりか、そのユリウス二世の後継者たちの狼藉からも解放して、教皇の世俗支配権はローマとその周辺に制限されることになった。

---

12 トウモロコシの粉を湯や出汁で練り上げる北部料理。練り上げる作業に力と手間がかかる。

13 現在のヴェネト州カステルフランコ・ヴェネトとフリウリ＝ヴェネツィア・ジュリア州のポルデノーネ。一七九七年のヴェネツィア共和国滅亡後、オーストリア支配下となり一八六六年にイタリア王国に編入。

14 ドイツ語名ライバハ。当時オーストリア領で、一八二一年に神聖同盟による会議（ライバハ会議）が開かれ、メッテルニヒがナポリ王国のカルボナリ党の乱を鎮圧するためにオーストリア軍のイタリア出兵を決めた。

15 ローマ教皇（在位一五〇三―一五一三）。ミケランジェロ、ラファエッロら芸術家の庇護者として知られ、イタリアからの外国勢力の排除を目指した。

リュブリャナの講和は見事にイタリアの統一のきっかけとなり、イタリアはたった二つの王国に分かれているだけとなった。そしてその統一が実現するには、例の宗教組織の世俗権力が完全に衰退して、ローマがふたたびイタリア人にとって歴史的、地理的首都となるのを待つだけのように見えた。これらの事件に乗じてロシアはブルガリア占領を開始し、[16]プロイセンはドイツの中央集権化を進めた。[17]スエズ地峡の掘削《くっさく》が始まり、[18]フランスはエジプトを植民地化した。[19]オーストリアはガリツィア地方を手放すことになり、[20]その権力の衰退は、大きさの点はともかく影響力の点でけっして見すごせるものではない。

こうした出来事が、完璧とは言えなかったが、一八五九年に続く数年間、リュブリャナの講和条約の時期前後に起きはじめていた。正確な年月日を述べることはできない。なぜならば、すでに述べたように、二〇〇〇年以前のすべての書籍が幸運にも破壊されたおかげで、そうした細かな詮索を満足させられないからだ。

第二巻　リュブリャナの講和からワルシャワ連合（一九六〇年）まで

リュブリャナの講和の数年前に、イタリアをふたたびグレゴリウス七世[21]の時代に戻して半島を教皇の支配にゆだね、ガリバルディとナポリ王を教皇の両側において、ガリバルディにはハンカチを、ナポリ王には煙草入れを差しださせようと考えた人々は、その講和のあとでもやはり裏切られることになった。実際、聖庁の世俗支配の権威は、ほんのわずかなものにしぼんでしまっていた。そしてロシア分裂派と、英米の異端派が宿代を払ったり古道具を買ったりしてローマ教会のふところを潤さなかったなら、

16　ロシアはトルコ支配下のブルガリア独立運動を支援、露土戦争（一八七七—一八七八）となる。

17　プロイセンはビスマルクの政策により台頭し、普墺戦争（一八六六）を経て一八七一年にヴィルヘルム一世がドイツ皇帝に即位。

18　フランス人フェルディナン・ド・レセップスによる工事は一八五九年四月に始まり一八六九年十一月に開通。

19　一八八二年にイギリスはエジプトを占領した。

20　現在のウクライナ西部を中心とした地域で、第一次世界大戦までオーストリア領。

21　十一世紀のローマ教皇（在位一〇七三—一〇八五）。グレゴリウスの改革と呼ばれるカトリック組織改革に取りくみ、教皇権の向上に貢献した。

ローマから人影は絶え、住民はわずかパスクィーノの石像[22]と教皇だけになっていただろう。

折よくというべきか折あしくというべきか、か弱いピウス九世[23]の後継者としてサン・ピエトロの教皇座に就いたのは、プッリア出身の強硬派で、ヨハネス二十三世を名乗り、ヨハネスの名の前任者たちにならって、非常に積極的に、聖務停止命令と破門を連発した。[24]イタリア人の方でも、そうした命令を出す機会をよろこんで提供した。わたしの見るかぎり、少し事態が急展開したようだ。

教皇の世俗権は、見る影もなくなり、それを恐れる者はだれひとりいなかった。四千パオリの報酬をもらいながらも緋と濃紫の服を着た枢機卿たちは、イエズス会の宣伝のためにたいした貢献をしなかったのはいうまでもない。そんな亡骸のような存在を、なぜそれほど攻撃したがったのか。国内の聖職者層、おべっかつかいの外国の正教徒に敵対したのはなぜか。わずかで不安定な目標のために、どうして自らの平和を危険にさらしたのだろう。とはいえわたしは、抵抗するだけの動機があったと思っている。

まず何よりも、教皇の世俗権はそれ自体が不条理であり、教皇の所有するものがわずかだろうと多かろうと不条理には変わらない。それに、古くからの財産を一部でも保持していれば、ふたたび全体を手に入れようとする秘かな野心を生み、世俗権力に対抗し国家に損害を与える陰謀をイエズス会士たちが考えだそうとする。それに加えて、教皇がローマを占拠していたためにイタリアの完全な統一は妨げられ、ナポリのミュラ王国[25]と北部イタリアのサヴォイア王国のふたつの王国が合流できる唯一の中心地が排除されていた。そのため、イタリアの人々は教皇領に反抗の声をあげていたの

22　十六世紀に発見され、同名の広場に置かれた古代ローマの男性像。権力批判や風刺文の張り紙で有名。

23　ローマ教皇（在位一八四六―一八七八）。十九世紀前半、近代主義・自由主義に理解を示し、「覚醒教皇」と呼ばれてイタリア統一の象徴となったが、一八四八年の革命後は反動的な方向に向かった。

24　対立教皇ヨハネス二十三世（在位一四一〇―一四一五）より、皇権の強化のため聖職禄授与権を立法化し異端審問や破門を行ったヨハネス二十二世（在位一三一六―一三三四）を指していると考えられる。

25　イタリア統一戦争の際、ナポリ・ブルボン朝（ボルボーネ家）の代わりにナポリ王国ジョアッキーノ一世の次男ルチャーノ・ミュラ（一八〇三―一八七八）をナポリ王に推す案が浮上した。

だ。外国人たちは状況をよくわからず、イタリア人に逆らっていた。忍耐を説く平和主義者たちもいなかったわけではない。しかし忍耐が美徳なのは、災難がよそにあるときである。

実際に、教皇は、イタリアの自由主義者に攻撃されて、防衛のためにロシアの助けを求めた。そしてフランスは、すでにコンスタンティノープルに手をかけていたこの北方の大国の強大な勢力を遠ざけるために、ふたたび介入することを余儀なくされた。そのような状況下でフランス皇帝が亡くなった。国内に暴動の気配が広まって合議政治が四か月続いたあと、革命が勃発し、ナポレオン五世はドイツに逃亡して再起を企んだ。国内では、オルレアン派と共和主義者たち、それにふとっちょのシャンボール伯老人[26]までが、権力の座をめぐって争った。

パリで例の共和国がふたたび宣言されたころ、教皇はアンツィオの港から英国のフリゲート艦に乗船していた。聖ペトロの小舟[27]はもはや比喩ではなく、現実のものとなった。インドが決定的に独立を果たし、スエズ運河によって東方貿易の海路がすべての民族に開かれ、ロシアがアジア大陸中央部で鉄鉱石の鉱脈を発見して掘削を始めたことで、英国はかつての栄光を失い、宗教上の不和の火種を保って諸国に仕返しをしようと企んでいた。英国は、船上にいる教皇が自分の力だけでは魚一匹、人ひとりの魂も捕まえられず、混乱のなかで権力と大金をつかむのに役に立たないとわかると、ロシアと密約を結んで、教皇を十四人の枢機卿とともにクリミアの岸に下船させた。

当時のロシア皇帝《ツァーリ》であったニコライ二世は、コーカサスの勝利者であり農奴を解放した辛抱強いアレクサンドル二世[28]とは似ても似つかなかった。彼は時間をかけずに、長い幸運な王朝のみが達成しうることを、自分の支配下で自分の力だけでやってのけようと望む人間であった。黒海とネヴァ川[29]の凍りつく霧に頭をつっこみ、ボスポラス海峡の金色の砂に足を置き、片手は中国に、もう片手はイタリアに伸ばし、両世界と両ローマをひけらかし、宇宙全体にコサックの印を刻みつけることは、ピョートル大帝大王とニコライ一世の後継者として悪くないことであった。

26　アンリ・ダルトワ（一八二〇―一八八三）。シャルル十世の孫でブルボン家最後の王位継承者。
27　初代教皇である聖ペトロが漁師であったことから、ローマ教会の暗喩。
28　ロマノフ王朝第十二代皇帝（一八一八―一八八一）。一八五五年ニコライ一世の死に際して皇帝に即位。
29　サンクトペテルブルクを流れる川。

ふたりの君主、ふたりの教皇はタウリカ[30]の海岸で顔を合わせた。ヨハネス二十三世は過去の家長であり、ニコライ二世は現在の支配者として、一目で相手の意図を理解した。その後交わしたことばは、とりたてて理由のない解説にすぎなかった。

「教皇猊下《げいか》、なにがお望みですか？」

「皇帝陛下、あなたがお望みになられていることです」ラテン人の偉大な司祭は答えた。

「つまり、どういうことでしょう？」

「つまりわたしは世界を支配したいのです。我が聖なる先達の勅書によってその権利は保障されているのですから」

「世界を征服するために、どこから手を付けたいのでしょうか」

「ローマから始めたい！ ローマに入りこんで無信仰と虚偽を祭りあげたあの背教者どもを、使徒の座であるローマから追いだしたい」

「よろしい。ローマをとりもどすお手伝いをいたしましょう。ただし、はっきり決めておきたいのですが、わたしの世界は自分の手に残しておきたいのです」

「陛下、もし改宗なされたいのでしたら、もし……」

「いや結構！　そのことは後ほど考えましょう。とりあえずお住まいとしてセヴァストポリの廃墟[31]をお使いください。わが国とイギリスの軍がテヴェレ川の河口と永遠の都の門を開けるまで、そこでわたしの金でミサを執行してください。神があなたとともにあらんことを！」

「そして陛下の軍隊に天の御加護がありますように！」この日からセヴァストポリは第三のローマあるいは第二のアヴィニョンとなり、そこから毎週日曜日、西欧諸国の生活風俗に対して多数の破門状が発せられた。

その間ツァーリと英国がぐずぐずしていたわけではない。教皇を口実に二国は合意して、イタリアを侵略して、そこから勢いをつけてフランスの新体制を転覆させ、当然ドイツを支配下に置こうとした。ドイツはつねにロシアの従僕であり、前後から挟み撃ちにされては、抵抗など考えないだろう。そうなれば、ツァーリは全世界の皇帝となり、ローマ教皇はその家来のひとり、英国は衛兵となるだろう！　フランス国内

30　クリミア半島の古名。
31　クリミア戦争（一八五三―一八五六）でロシア黒海艦隊が立てこもり、イギリス、フランス、トルコの連合軍の攻撃を受けた。

の騒乱と、イタリア半島の二つの王国の嫉妬心のおかげで、かれらの計画の前半はうまくいった。ローマ教皇領は再建され、フランスは侵攻されてオルレアン王朝支配を自分から停止し、西洋諸国は北方の偶像の前にひざまずくかに見えた。ところがこのとき、怠け者のドイツが計画を狂わせたのだった。

すでに長いあいだアルミニウス[32]の祖国では、眠りを誘う杉の木の下で、熱心な社会主義者と活発なサン・シモン派が沸きたっていた。ロシアの主権に対してなんの抵抗もしない支配層の下劣さに興奮し、十字軍騎士たちの愚かな腰抜けぶりに刺激されて、かれらの激情が爆発し、ビールとワインと熱狂で我を忘れたドイツのプロレタリアートの軍勢はアルプスとライン川を駆けくだった。

この新しい洪水は二十年間続いた。そのあいだ全世界のなかで、そっくりそのまま生き残ったものは何一つなかった。一世紀前にフランスで起きた革命は、この革命の小規模で貧弱な前置きにすぎなかった。噂ではハイネというドイツの詩人がそれを予見していたが、そのために祖国から追放されて亡命先で死んだという[33]。

一九二〇年ごろヨーロッパには二つの大国、ドイツとロシアがあった。共和国ドイツと専制君主制ロシアは対立していた。フランス、スペイン、イタリアは、いやいやながらロシアに蹴とばされて追随していた。イタリアでは、教皇領は縮小されて単なる司祭団と化したとはいえ、やはり問題を生んでいた。イギリスは、一世紀前のオランダのように黙って目の前の利益を追って商売をしていた。アメリカは、古いヨーロッパの産業の没落に対してなのか、あるいは民主主義の大騒ぎに対してなのか、よくわからないがとにかく拍手を送っていた。

そのときまたしてもボナパルト家のひとりがフランスで立ちあがり軍事組織をふたたびまとめあげた。二大国の危険で孤立した対立のあいだに割って入り、第三の勢力となって、ヨーロッパ同盟の計画を可能とした。しかしその同盟にたどり着くまでさらに何年も待たなければならない。何よりロシアでの革命を待つ必要がある。ロシアで革命が起きたのは一九五〇年のことだった。広大な帝国の体制を崩壊に追いこみ、トルコ人の残存勢力をアラビアに追いやって、東ヨーロッパにビザンティン帝国、ポーランド王国、そして本来のロシア帝国の再建のきっかけとなった。このロ

32　ゲルマン族の族長（紀元前一六―二一）で、ローマ帝国のゲルマニア征服を阻止したドイツの英雄。

33　ハインリヒ・ハイネ（一七九七―一八五六）は一八三一年にパリに亡命。

シア帝国は、それ以前の時代にイギリスがインドを支配していたように、アジアの中央にアジア・ペルシア連邦を所有していた。

そこでフランスの呼びかけにしたがって、ワルシャワにヨーロッパ諸国の代表が集まって国家連合を形成した。そこでは十二の国家が新しく認められた。ロシア、ビザンティンの諸帝国、イギリス、ポーランド、イタリア、アイルランド、スカンジナビア、スペインの諸王国、フランス、ドイツ、スイス、ドナウの諸共和国である。連合結成に先立って条約が締結され、ロシアの三分割、イギリスからのアイルランドの独立、イタリア半島とスペイン半島の統一、教皇の世俗権の移譲、ドナウ新共和国の独立(そこにはマジャール人、セルビア人、ダルマチア人、ブルガリア人、ルーマニア人が含まれた)、さらにオーストリアとプロシアの消滅と、国際条約とヨーロッパ議会にもとづいた世界平和が諸国民に保障された。議会はワルシャワ、ハンブルク、マルセイユ、ヴェネツィアに三年ずつ置かれることになった。

この条約が結ばれたのは一九六〇年のことである。一九六一年にはアメリカで、北部大陸と南部のスペイン領大半島が連邦を締結した。こうしてその時以来、未開拓地と中国をのぞき、文明民族の二大連邦はよりよい社会の実現を目指して熱心に進んでいった。

第三巻　ワルシャワ連合から農民革命（二〇三〇年）まで

その後しばらくして、ヨハネス・マイエルという名のボヘミアの農民が、自分は預言者であり、時が満ちたこと、その行いによって黄金の世紀つまり本当の千年紀が世界で始まると触れまわった。すでに完全な寛容が社会規範となっていたので、その人の好い農民の与太話を真剣に受けとめた者はいなかった。しかし彼の話はボヘミアの純真な人々の間で広まっていき、マイエルが教える教義はきわめて素朴で陽気な道徳であったので、抵抗も受けずに、信奉者はますます増えて熱心になっていった。

モラヴィア地方のある伯爵夫人が、生涯ずっと自分をしいたげてきた夫に対する腹いせに、莫大な額にのぼる自分の遺産をマイエルに遺すことにした。するとマイエルは手に入れた土地を派手に飾り立て、こうした財産は神のおぼしめしがあったからだと信者に説明して、「善良なる人々の教皇」[34]という称号を名乗った。

ドイツ全土に信者があふれた。マイエルは、四季の折々に盛大な食事会を開催した。

ドイツ人の知性を獲得するには、胃袋から上へ向かって攻めたほうが、形而上学によって上から下へ幻惑するより簡単だと、まさに神のお告げで理解したかのようだった。フィヒテは見捨てられたままだった。

ヘーゲルが四十年間の哲学研究で弟子にできたのはたったひとりで、その男がヘーゲル哲学の門番となった。[35]マイエルは二十八か月で一民族を信者とした。プラハ、ドレスデン、ミュンヘンの麗しいお嬢さまたち、陽気な色男たちが信者に加わった。人気の秘密はこの点、つまり流行に乗りたいという欲求だった。「善良なる人々の教皇」はこの秘密を見抜いていた。

そんなことがあって、善良なる人々はますます増えていったので、ドイツ政府は、その意図を探るほうがよいと考えた。たしかに、どの政府もカール五世[36]に似たところがあるものだ！　会議が招集され、「善良なる人々の教皇」は、その原理原則を説明するようにと招かれた。「汝は何者であるのか」と議長がたずねた。ドイツ人はその世紀でも、衒学趣味の祖国のことばづかいをそっくり残していたからだ。

「ボヘミアのヨーゼフシュタット[37]出身のヨハネス・マイエルです。以前は農民をしていましたが、今は預言者で、『善良なる人々の教皇』です」

「どのような権利があって教皇となったのか？」

「わたしの兄が靴職人となったのと同じ権利ですよ、代表者さま」

「それでは、なぜ預言者だと信じさせているのか？」

「なぜって、預言者だからです！」

34　フランス王政復古期に活躍したピエール＝ジャン・ド・ベランジェ（一七八〇―一八五七）のシャンソン「善良なる人々の神」から。ド・ベランジェは、王制批判、社会風刺を得意とした叙情詩人で民衆から支持を集めた。マイエルのモデルとして、宗教的社会改革を主張してアルジェリア、エジプトで共同生活を実践したフランスのサン・シモン主義者バルテルミ＝プロスペル・アンファンタン（一七九六―一八六四）、教権主義を批判しプロテスタントの先駆けとなったボヘミア出身の宗教思想家ヤン・フス（一三六九頃―一四一五）が挙げられる。

35　ハイネがヘーゲル学派の門番と名付けた、ドイツ哲学者アーノルド・ルーゲ（一八〇二―一八八〇）。

36　神聖ローマ帝国皇帝（一五〇〇―一五五八）、スペイン国王としてはカルロス一世、ハプスブルク家の絶頂期に君臨した絶対君主。

37　チェコのヤロムニェルシ近郊の軍事要塞の名。建築を命じた神聖ローマ皇帝ヨーゼフ二世（在位一七六五～一七九〇）の名前に由来する。オーストリア軍に捕らえられたイタリア愛国主義者が収監されていた。

「え、あなたが預言者だと！　どこに証拠があるのか？」

「わたしが知る限り預言者とは福音をもたらす人のことです。わたしは福音をもたらしたのですから、預言者なのです」

「その福音とやらを伺おう！」

「わたしがもたらした福音とはこういうことです。人は生きるために生きるのですから、よく生きる必要があります。そしてよく生きるためには、楽しく、適度の仕事をし、人に恩恵を施し、また人から恩恵を受けることがよいのです。これがわたしの信仰です。みんなを健やかにし、楽しませ、満足させます。怠け者と詐欺師は別ですが。世界はみんなのためにあります。金持ちが貧乏人につけこむために作りあげた、禁欲讃美歌を捨てさる必要があるのです。この世界にある幸福をみなに分け与えねばなりません。そうすればきっと、わたしたちは幸福を味わえるでしょう。それ以外の事は神様が考えてくださる。みなさんに幸せがあらんことを！」

会議の参加者たちはびっくりした。議長夫妻は、その日の晩に「善良なる人々の教皇」を訪ねて、信者に加えてもらった。それからは、その良識的な教えに頭を下げることは屈辱ではなくなった。陽気な福音をもたらした預言者は都会の教養人たちからも大歓迎を受けた。ウイーンではシュヴァルツェンベルク家、リヒテンシュタイン家、メッテルニヒ家の末裔《まつえい》[38]の数名がマイエルに戦いを挑もうとした。マイエルは乾杯してかれらを破門にした。ライン川からドナウ川にまたがる哄笑の大波が、このゴートの小人たちを飲みこんでしまった。新しい結社はますます拡大していった。それはもはや宗教とは言えなかった。楽しく生きる以外に何の宗教的義務もなかったからだ。農業、商業、工業、蒸気機関、機械一般がすばらしく発達したおかげで、生活費は下がっていた。どこもかしこも活動的で、豊かで陽気だった。ベランジェ[39]が大統領となった巨大な共和国を想像していただけるだろうか！　ローマ教皇は、もはやラツィオの王でもなくロマーニャ地方区[40]の総督でもなかった

38　イタリア独立運動を弾圧したフェリックス・ツー・シュヴァルツェンベルク（一八〇〇―一八五二）、一八四八年革命を鎮圧した軍人フランツ・デ・パウラ・フォン・リヒテンシュタイン（一八〇二―一八八七）、宰相クレメンス・フォン・メッテルニヒ（一七七三―一八五九）らオーストリア貴族。
39　注34参照。
40　教皇ピウス九世が一八五〇年に制定した教皇領内最北の行政区。行政庁はボローニャ。

が、それでもやはり教皇としては、こうした改革を快く眺めていたわけではなかった。多数のプロテスタント、分裂派、ユダヤ教徒がそうした新しい改革に巻きこまれるのを見て、正統派に利する幸運な展開を期待していた。しかし「善良なる人々の教皇」は、ローマ教皇からの甘いことばに対して午餐会の招待状で答えたので、ふたりのあいだのやりとりはそこで止まった。

そのとき北のもうひとりの教皇であるロシアがマイエルにおびえはじめた。そしてあっちをつつき、こっちに吹きこみ、有力者や第三者を介してドイツに対してひどい戦いを仕掛けた。ロシアは、世界がこんな明快で簡単で陽気な道徳に魅入られることはけっして望まなかった。そんなことになればどこでコサック兵やイエズス会士たちをみつけられるだろうか。そう懸念するのは当然だった。

「善良なる人々の教皇」ヨハネス・マイエルはすぐれた記憶の持ち主で、ある取引をもちかけた。マイエルは、アジアとオーストラリアでの自分の計画に口出しさせないように、ヨーロッパから出ていくまで二年間の猶予を手に入れた。その取り決めの通りになった。マイエルは、シリアの国境へ自分の信者数千人を、ライン地方とシャンパーヌ地方のブドウの苗木とともに送りだした。その土地で豊かな果実が収穫でき、作物が順調に生育したという知らせを受けると、陽気な信徒たちの大集団を引き連れて新しい祖国で生活を始めた。

イエズス会は、アラブ族とトルクメン族の国でゆるやかに始まったマイエルたちの不安定な伝道活動をあざ笑ってみていた。ヨハネス・マイエルは笑って歌を歌い、アラル湖の岸辺で絞られたライン川の葡萄酒は、原産地のものよりもおいしいと断言した。

周囲をさまよっていた先住民は、新しくやってきた人々の楽しげな生活に興味をひかれた。適度に働き、穏やかに、そして陽気に日々を送り、三日に一回宴会を開くというのは、二年に一度、隊商を率いて昼夜苦労をするよりもよかった。簡単に言えば、たいした説教をするまでもなく彼らは改宗したのだ。洗礼を受けたというわけではないが、住まいを定めて土地を耕すようになり、西欧の言葉を話しはじめ、文明化しつつあった。ヨーロッパからの移民が増えてアジア人の改宗が多くなり、中央アジアの新連合は新勢力として力を持ちはじめた。ロシアの専制国家の権力は、少なくともそのあたりでは弱められた。

そのあいだ、ヨーロッパは優秀な市民から見放され、ふたたび独裁主義と宗教的な陰謀の脅威にさらされて、あらたな騒動が起きつつあった。高慢さと怠惰が、うわべだけの教育とともにしだいに農村の平民に浸透していった。紳士方が吝嗇《りんしょく》だったため、教育は深く堅固《けんご》なものにならなかったのである。こうした決定的な危機の時期を迎え、ラテン人種の生来の良識と、三十年前に入植したアジアから戻ってきた良いひとたちを別にすれば、人類は堕落していた。

中央アジアの善良なる教皇領で、ヨハネス・マイエルの跡を継いだのはアドルフ・クル[41]であった。彼は新しいバビロンを建設し、人類の首都と呼んだ。その帝国はまたたくまにアラビア半島の部族から中国の国境にまで広がり、帝国とともに産業、商業、鉄道と電信が伝わった。地方で豊富に産出する原材料がこの突然の活気の復活を支えて、ムスリムのエネルギーは全体的に市民活動に混じり合い、形を変えた。もはや中央アジアにはトルコ人もペルシア人もアフガン人もクルド人もなく、人間がいたのである。

アドルフ・クルは、祖国を頑固で野蛮な革命の手に渡したくなかった。そのような革命は、その地域のあらゆる文明の種を根絶やしにしてしまっただろう。彼は、自らの部下を派遣して、異なる社会階層の秩序と調和を再建し、できれば社会階層をひとつにしようとした。新しい騒動の支持者が少なかったイタリア、スペイン、フランスから援助を受けて、この新文明の担い手たちは六年間でドイツ、ドナウ川流域、ポーランドとスカンジナビアに平和をもたらした。そしてこのような奇跡がヨーロッパで成し遂げられて、現在の社会の真の基盤が作られていった一方、アジアでは、ロシア人が中国の門戸を開いて、ヨーロッパの影響のもとに新しい加盟者三億人を獲得した。

二〇三〇年にアジア連合は、シリアから東インド諸島、中国にいたる大陸の大半を含んでいた。多種多様な部族、言語、人種が、農業、工業、実践科学の豊かさを等しく享受していた。鉄道はその年初めて、ストックホルムから北京まで、サンクトペテルブルクからコルカタまで開通した。

そこで世界のすべての民族の会議を開くことが考えられた。つまりヨーロッパ、アメリカ、アジアの三大連合による会議である。会議はアドルフ・クルを議長としてコンスタンティノープルで開催され、人類の幸福にかかわるあらゆる問題が取り決めら

41　フランス人ジャーナリスト、アルフォンス・カー（一八〇八―一八九〇）がモデルとされる。『ル・フィガロ』紙の編集長を務めたのち、風刺雑誌『蜂』を創刊し、多数のアフォリズムで知られる。政界に進出するが一八五一年のルイ・ナポレオンのクーデターで引退。

れた。なによりもまず科学の問題が話しあわれた。議長自らが長い演説で、多数の悪質な書物が原因でこれまで社会階層の相違と危険極まりない革命が生じたことを示し、書物の全面的な破棄を提案した。そのあとで学者グループが書籍から百科全書的目録を作成し、それによって人類はおおいに利益を得た。それからきわめて賢明な他の決議が下されたのち、アドルフ・クルは偉大な世界の長老であり、人類に貢献した人物であると宣言して会議は終了した。このときクルは八十歳を迎えており、三年後に亡くなった。彼の後継者は、自由選挙によって有名な経済学者サムエーレ・ダルネグロ・ディ・ピーサが選ばれた。

第四巻　人造人間の創造と増産（二〇六六―二一四〇）

古代社会の歴史的時期を支配していたのは偶然、つまり人間個人の不規則な活動だった。新しい社会が認める斬新的で規則正しい社会の発達は、産業すなわち人類の集団的で進歩的な活動によって定められる。わたしたちはここで、人間社会においてこれまでにない大きな変革をもたらした科学革命に触れることにしよう。数十年もの恐ろしい混乱ののち、人類社会は堅固な土台の上に築かれ、いまもそこにとどまっている。明晰な言語の導入、家族の形成、航海方法の発見、農業、都市建設、宗教による道徳の立法化、人類平等の教義、火薬と印刷の発明、良心の自由の勝利、蒸気機関と電力の応用、国家の決定的な確立、全世界の民主的協調、そして幸福な生活の権利の社会的承認によって、人類の姿は徐々に変化し、当初とはまったく違ったものになった。しかし、ここで語る変革は、その原因が奇跡的であり、大きな帰結をもたらしたという点で、人間の想像力を刺激したいかなる技術をもしのぐものである。

わたしがほのめかしているのが、「オムンコロ」、中古人間または補助人間と呼ばれる発明であることはご存じだろう。[42] それが発明されたのは、わたしたちの世紀から百六十年以上昔のことではないが、すでにおとぎ話のようにあいまいで闇に包まれている。とはいえ権威筋によると、その功績はリバプールの機械工で詩人であったジョナサン・ジルにあった。年代記作家はこんな話を伝えている。

42　ニエーヴォが読んでいたハイネの『ドイツ論』（一八三四）（邦訳『ドイツ古典哲学の本質』）には、十六世紀の錬金術師パラケルススと「ホムンクルス」の言及と、人造人間を作りだした英国人技師のエピソードがある。

ジョナサン・ジルとテオドール・ベリダンは近所に住んでいた。ふたりとも縫製機械を作っていた。ふたりとも才能豊かで、貧しく、悪癖があり嫉妬深い性格だった。相手の悪口を言い、その書類や買い手、職業上の秘密を盗みだす機会をうかがって相手を盗み見ていた。

あるとき、ベリダンが人前に出なくなった。よく通っていた居酒屋に来なくなり、いつもの取引をほったらかしにして、仕事場に姿を見せなくなった。家の上階から降りてくることはほとんどなく、夜遅くに鎧戸の隙間から明かりが漏れるのが何度か見えた。だが、彼は自分が見られていることに気がついて、用心深くその隙間を埋めた。そうなると、二日、三日にわたって、その家に人が住んでいることを示すのは、時々聞こえるハンマーの音だけだった。

ジルは嫉妬心にさいなまれた。ベリダンはいったい何をしているんだろう。どんな超自然な機械をこしらえようとしているのか。ジルは気になっておかしくなりそうで、どんなことをしてでもその好奇心を満足させることにした。ある晩、隣人の家の屋根に上ると、暖炉の煙突を慎重に降りて行き、そっと穴を開けたストーブ囲いの後ろに隠れて、秘密を暴こうと待ちかまえた。そこがベリダンの研究室の暖炉だと知っていたのである。

待っていると、奴がついに部屋に入ってきた。しかしジルの驚いたことに、ひとりではなかったのだ！　付きそっていたのは青白い痩せた小男で、手足をぎくしゃくと動かし、声の代わりに、ひっかくような、ガチョウの鳴き声のような音を立てた。小男は、訓練中の兵士のように機械工の前で直立した。「座れ！」ベリダンが叫ぶと小男は座った。「歩け！」小男は歩いた。「書け！」小男は書き物机に向かって腰を下ろし、ふたつばかりことばを書きつけた。「いつもそのことばばっかりだ！　そのことば以外にないのか！」機械工は叫んだ。「継手に仕込んだ発条《ばね》の法則じゃなくて、与えられた作業の必要に合わせて動くようにするには、いったいどうすりゃいいんだ？」

「どうすりゃいいかだと？」ストーブ囲いの背後で、ジルは思った。「こなす作業の違い、その困難の意味を理解して、それに合わせて作動する繊細なからくりと発条仕掛け、化学的装置を作らなければならない。そうか、このちびは自動人形を作ったのか。お前さんがそれに気づくには、三か月か四か月はかかるだろうよ！　そのときにはわしは人間を作っているさ！」

膝をつっぱってふたたび屋根に上ると、そこから自宅に戻り、人間の胚、つまり自動人形を作りはじめた。しかし作っては壊し、想像して作業して試してみても、問題の自動人形はいっこうに出来上がらない。哀れなこの作者は、完成させる力はあっても最初の一歩を踏みだす力がなかった。彼には、機械仕掛けに必要な忍耐力がなかったのだ。たしかに知識としての総合力はあったのだが！　三か月が過ぎてもやはり最初の段階にとどまっていた。自動人形は動かず、あるいは発作が起きたかのように痙《けい》攣《れん》するばかりだ。

ある日、ジルは惨めにうなだれて、ベリダンの家の戸を叩いた。とても大切な要件なのだと告げた。ベリダンは彼を迎えいれ、暖炉の脇でふたりは差し向かいに腰を下ろした。ジルは話の先を打ちあけるまえに、もし奇跡的な事業を成し遂げるためにいっしょに働かなければならないときは、互いに仲良くねたみも喧嘩もせず、稼ぎは山分けにしようと隣人に納得させた。ベリダンは承知して耳を傾けた。

「ああ」相手はいやいやながらつぶやいた。「わしは、人工機械の人間をほとんど自由自在に操って一定の行動をとらせる方法を見つけたんだ！」「見つけたのか？」ベリダンは憎々しげに、熱のこもった目で相手をにらんだ。「そう、見つけたんだ」ジルはおおげさにつけくわえた。「ただそれを実行するのに、重要なことが足りないんだ。わしには機械人間がない。三か月苦労してみたんだが、どうしても作れなかった」「ほかに足りないものがあるか？」ベリダンは相手の首っ玉に飛びついて叫んだ。「機械人間なら、完成品をここに俺が持っている！　見てくれ！」そして箪笥を開いて、ガチョウ声の自動機械を出した。「わかってたよ」ジルは意地悪く言った。「今となっては、告白やらお世辞の必要はない。俺たちの発明を組み合わせて、なるべく早く稼げるように利用しよう。この機械が十台あれば俺たちはロスチャイルドなみに金持ちになれるぞ」

こんなやり取りをした後、ジルとベリダンは、ベリダンの工房に隠れるように閉じこもっていっしょに作業した。近所の人たちは姿を見せなくなったふたりを噂して、頭がいかれたのだと馬鹿にした。しかし、ふたりの創造者がその息子、靴職人の技を巧みに教えこまれた息子をもって世間に登場すると、悪口はやんだ。靴職人に適応させたのは、動きの種類が少なくてすんだからだ。アダムと名付けられた奇妙な小男は、昼夜を通して食べ物も飲み物もとらずに作業を続け、きわめて勤勉に働き、靴と長靴、婦人用短靴まで大量に作りだした。

ふたりの技術者が仕事に追われていたうちは、会社は順調に売り上げを伸ばした。

収入が増えて、ふたりが一か月間で半ダースの靴職人を作りあげると、ベリダンは飲み屋をめぐってはポーター[43]を何パイントも飲みほし、その気になれば一週間で議会一の弁論家を用意できると大見得を切るようになった。ジルは、仲間のこの奇妙なふるまいに悩んだ。ベリダンがその儲けの秘密を公に言いふらせば、いろいろ面倒なことが起きて、周囲にその素晴らしい秘密を明かさなければならなくなるだろう。ベリダンは、俺は俺のやりたいようにすると反論した。ジルがさらに反対すると、ベリダンは、無償で他人に製造技術を教えて、ふたりの共同経営をだめにしてしまうぞと脅かした。ジルは口をつぐんだが、意志が強くこだわりのある男で、自宅に引きこもって三日間姿を見せなかった。

その三日間に彼がどのような作業をしていたか想像できるだろうか。仲間のベリダンのところに行って胸にナイフを二十回突きさすように仕組んだ「オムンコロ」を製造していたのである。実際、そのとおりになった。引き裂くような叫び声を聞いた近所の人が駆けつけてみると、哀れなベリダンは、ナイフで彼をめった刺しにした黄色い痩せた小男の腕に抱かれて、虫の息だった。犠牲者と死刑執行人のまわりでは、六人の靴職人がその場で起きた犯罪に気がつかないかのように落ち着いて作業をしており、その光景はいっそう陰惨に見えた。小さな暗殺者をひきはなし、六人の靴職人を仕事場から遠ざけるのにさんざん苦労したあげく、どうにか裁判を開くことができた。裁判の場で事態の性質が明らかにされ、そうした奇跡は不可能に思えたが、ベリダン殺害に際して精神的に独立した意図があったのかどうか長々と議論された。最終的に、慎重な英国判事は、ジョナサン・ジルに死刑を宣告することを決定した。しかしそれは殺害を命じた犯人としてであった。機械仕掛けである「オムンコロ」も計画的に実行された殺人の実行犯として有罪となり、その破壊が命じられた。ジョナサンは斬首されて秘密をあの世へ持っていく覚悟で、六人の靴職人と、すでに彼同様に有罪宣告を受けた小さな共同犯のほかは後に何も残さなかった。しかし銀行の取締会、企業家層、王国の上層部は、これほど奇抜で人間の状況を抜本的に変革しうる技術がむなしく消滅することを恐れ、国王に嘆願し、化学者、哲学者、経済学者、機械技師の委員会に犯人が製造の秘密を明かすという条件で、命を救うことを求めた。ジルは、死ぬことをすっかり受け入れていたとはいえ、喜んでその提案を受けいれ

43 十八世紀イギリスで生まれた黒ビール。

たと言える。その時から「オムンコロ」つまり機械人間の製造は、他と変わらない産業投資の対象となった。時間とともに、その製造が容易になり単純化され、さまざまな繊細で面倒な職業に適応可能であるため、「オムンコロ」は一般に広く普及した。値段が下がり、またたくまにその数は存在する人間の数を超え、現在でははるかに上回っている。そして、摩擦によって部品が物質的にだめになるまでその存在はきわめて長く持続するので、再生産のために必要な作業は、気晴らし程度というか、器械体操をする程度でしかない。

社会上、経済上の変化、そして「オムンコロ」の増産が人類の状況に引き起こした完全な革命は、描写するよりたやすく想像できるだろう。

社会のすべての階層がのんびりと豊かに暮らせるようになると、農民が一時的に勢力を強めた。最近の政治的敗北に不満を感じていた農民たちは、その腹いせに、多数派である自分たちの無知で独断的な主張を法的に他の階層に押しつけた。しかし二一〇年以降、その問題はなくなった。そのころにはジルの世代から二世代が経過し、新しく大人になった人たちは、しつけと感情の面で昔のような粗雑な点はなく、文明人になっていたので、階級格差はすっかり消えさったからだ。ただし、社会生活に怠惰が大きく広がり、怠惰と同時にタバコ、アヘン、キンマのような薬の服用が蔓延し、多くの市民が痴呆状態で亡くなった。そうした不幸を避けて学問に打ちこんだ者たちは、容易に頭脳の酷使に陥って、神経衰弱による突然死を迎えた。医師によれば、この病気の原因は二、三世代にわたって頭脳労働だけに没頭してきたことにある。

二二四〇年までは男性版「オムンコロ」だけが生産されていたが、その年、ジョナサン・ジルの秘密を受けついでいた息子のひとりが、オムンコロの女性版いわゆる「ドンヌンコラ」[44]の製造を始めたと噂された。経済学者たちはこの革新をひどく恐れた。女性の特権が奪われて、人類が生殖不能に陥るのではないかと懸念されたからだ。そのためジルの息子は、危険極まりない発明をほかに漏らさないよう、生きているあいだずっと監視下に置かれていた。そして彼が死んだとき、製造法の秘密は猫の肝臓の酵母の一種にあるとわかり、人類の第十回会議の議長であるグレゴリオ・アリソン

44　E・T・A・ホフマン（一七七六―一八二二）の短篇『砂男』（一八一六）に登場する自動人形オリンピアが有名。ジャコモ・レオパルディ（一七九八―一八三七）の『オペレッテ・モラーリ』（一八二七）の機械文明を皮肉った「シログラフィ翰林院からの懸賞案」では、友人の代わりをする機械、蒸気で動く機械、婦人の代わりをする機械の三種類の発明に懸賞が出される。

はすべての猫類を駆除するよう命じた。その通達は完全に実行されて、女性の権利は無事に保たれたが、一方で、我慢できないほどたくさんのネズミが地上に溢れることになった。
「オムンコロ」に関する戦争、争いと宗教論争を語ると、あまりにも長くなるだろう。ただ言っておくならローマ教皇は二一八〇年に、「オムンコロ」を製造する人たち全員を破門した。しかしその禁令にあまり効果がないのを見ると、ためらいながら、その被造物に洗礼を授けるよう命じた。なんらかの意味で彼らに魂があるとしたら地獄に落ちる責苦から救うためであり、人間の活動の手段にすぎないとしたら悪魔の手から奪うためだった。このふたつの宗教令は、西暦五世紀から二十三世紀まで十八世紀にわたる歴代教皇の勅令状の締めくくりとなる。しかしその前半、より長い部分は、二〇三〇年の書物破壊に含まれる。

最終第五巻　二一八〇年から二二二二年まで——無気力の時代

いまや人類は過去の偏見から解放され、無駄で有害な知識から自由になった。平和と平等、世界繁栄を妨げていた肉体労働から解放されて、もはや敵対する権威を持たない幸運な状態に達したように見えるかもしれない。しかし残念ながら人類の内面の本性は損なわれており、不具合や悪癖を伴わなくては存在しえない。

すでに述べた神経衰弱や麻薬の乱用はおいておくとして、黄熱病とコレラのあとに現れた、全人類にとって重大な打撃を与えかねない流行病の発生をつけくわえよう。医師たちはその病気を「無気力ペスト」と名付けた。実際、何世紀にもわたる肉体労働の苦労の後で、相対的に人間の肉体組織が怠惰を余儀なくされたことがその原因のようだ。この堕落した恐ろしい病気、地上の気温の明らかな低下、そして退屈が徐々に増えた結果の自殺が、いまのわたしたちが直面している三つの危機である。そして人類は、そのうちのどれかにいずれ屈するだろう。わたし自身はこの柔らかいベッドの上で死ぬだけの時間が残っていると信じている。自分が死んだ後で世界がさらに危機を迎えるのか、それとも立ちなおるか騒乱を迎えるのか、それはわたしにとってはたいして問題ではない。願うのは、子孫たちがわたしを思って気を使って墓にスペインタバコを撒いてくれることだ。その匂いが大好きだ。これがわたしの遺言である。

二二二二年、わたしヴィンチェンツォ・ベルナルディ・ディ・ゴルゴンゾーラは、この五巻の歴史書を私用のための楽しみとしてここに記す。長老アドルフ・クルが二〇〇〇年以前の書籍すべてを破棄することを命じてから一九八年後のことである。クルの魂が安らかに眠らんことを……

エピローグ

わたしはなんと言ってよいのかわからない。この退屈な長話、「未来世紀の歴史」を書きながら少々がっかりした気分だ。ただ我々の末裔であるヴィンチェンツォ・ベルナルディ・ディ・ゴルゴンゾーラは二二二一年にこんなことを考え、書き記すだろうと思われ、わたしはそれを最初から最後まで恭《うやうや》しく書き写した。これはすべて真実なのだろうか。「厄介な判断は後世の人が下すことになろう」[45] いずれにしても締めくくるにあたって、未来の長老アドルフ・クル陛下に対し、この本の著者と執筆年が二二二二年に属する以上、二〇〇〇年以前の書籍に対して宣告された世界規模の処分を免れるようにと祈るばかりである。処分を免れれば、ヴィンチェンツォ・ベルナルディ氏の物語が最後の一行まで真実であるかどうか検証できるだろう。そして、つけ加えよう、ヴィンチェンツォ・ベルナルディの魂に安らぎがあらんことを。彼が生まれるときに優れた産婆の助けを受けられるように。

哲学者にして化学者、フェルディナンド・デ・ニコロージ

45　アレッサンドロ・マンゾーニ（一七八五―一八七三）がナポレオンを追悼した頌歌《しょうか》『五月五日』（一八二一）の引用。

三匹のカタツムリ

ヴィットリオ・インブリアーニ

Title : Le tre maruzze
1875
Author : Vittorio Imbriani

蘇ったバンデッロの筆による
ご婦人がたに見せられないトロイアの物語
テレンティウスのような人々に捧げる

地上のエルサレムと天のエルサレムがあると人は言う。物質的なローマに対して精神的なローマがある。コルネート、コルノヴァリア、ピッカルディアという町、領地、州が存在する一方で、同じ名前の、寝取られ男が行く町や、死刑執行人によって首に縄をかけられた人が送られる町がある。[1]

同じように、いくつものトロイアが存在する。歴史上のトロイア（プリアモスが王位についていたトロイア）、カピタナータ[2]にあるトロイア、このふたつは現実に存在する町だ。それから、住民たちがみんな恥ずべき行為《トロイアータ》に打ち興じ、下品な話が大好きで猥談を楽しんでいる架空のトロイアがある。[3] そのトロイア人男女のあいだで、こんな話が人気になっている。

人間の心と想像力に強く訴える事柄はすべて注目され研究される価値があると考え、わたしはこの話を書き写して、人間のどのような性質も嫌がらないテレンティウスのような人々に提供する。[4]言葉遣いに関しては、かつてわたしは北部ロンバルディア地方の表現をさんざん用いたのだが、今は南部に生まれかわって、思う存分ナポリ方言を書き散らしてみよう。[5]

1　コルネートはイタリアの町タルクイニアの古名、コルノヴァリアはイングランドのコーンウォール領、ピッカルディアはフランスのピカルディ州のイタリア語名。寝取られ男《コルヌート》、絞首刑《ピッカルディア》の言葉遊び。

2　南イタリアのプッリアにある古い地名。現在のフォッジャ県。

3　雌豚を意味するトロイアは、売春婦の蔑称として使われる。

4　古代ローマの喜劇作家プビリウス・テレンティウス・アフェル（紀元前一九五／前一八五―前一五九）の『自虐者』の中に「私は人間である。人間に関わることなら何でも自分に無縁であるとは思わない」という台詞が出てくる。

5　北イタリアミラノで活躍した物語作家マッテーオ・バンデッロ（一四八五―一五六一）は、艶笑譚集『ノヴェッレ』（一五五四）を著した。

三匹のカタツムリ

昔々あるところにひとりの王さまがいました。王さまは世界で一番美しい庭園の持ち主でした。そんなに見事な庭園は、これまでも、これから先もけっして目にすることはないでしょう。そこでは、地上のありとあらゆる植物がそろって見事に生い茂っていました。詩人や小説家が物語る架空の植生にしか存在しない植物もありました。ただひとつ、その庭園になかったのは、実をふたつに割ると裸の美女が出てくるという例のシトロン（ジョヴァンニ・アレジオ・アッバットゥティスによる五日物語の乙女のシトロン。『子供向けのおとぎ話クント・デ・リ・クンティ』を参照）[6]ぐらいでした。

なかでもそこには、どこの国のどこの王さまのどこの庭を探しても見つからないような、四つのものがありました。バラ園では四季を問わず花が咲き、そのバラの花弁はルビーで、葉はエメラルドでした。一面にトウモロコシが植えられた花壇がありました。特別なトウモロコシで、穂の一粒一粒がトパーズ、ガーネット、アメジストでした。一年を通じて実をつけるオレンジの樹があり、果実は大きな黄金の塊《かたまり》でした。パリスがヴィーナスに渡したあのリンゴ[7]から生まれた木の末裔《まつえい》だったのでしょう。空想植物学の大家として知られるマリーノ氏が『アドニス』第二歌（第三十六連から四十連）で事細かく描写しているように、樹木の全体が金属で、幹はダイヤモンド、葉はエメラルドでした。[8] これらの植物にたくさんのカタツムリ（学名ヘリックス・ファブローサ）が這いまわっていましたが、這った跡で汚したりしません。体は銀、殻は真珠母でできていたからです。

そこで独裁君主はこれらの貴重な品をとても大事にしていて、信頼できる人に管理を任せたいと考えました。家臣のなかでもとりわけ忠実な者たちが庭番の職に就きたいと願いでて、誰にも負けぬほど忠実に仕事を果たしますと約束しました。そして、そう誓った誰もが、いったん仕事についたとたん、バラの花を一輪摘みとったり、ま

6　アッバットゥティスは、ジャンバッティスタ・バジーレ（一五七五頃―一六三二）のアナグラムによる筆名。『ペンタメローネ』（五日物語）の名前でも知られるバジーレの説話集『話の話』（一六三四）の五日目第九話「三つのシトロン」のこと。

7　トロイア戦争の発端となったパリスの審判の逸話。

8　バロック期を代表するナポリの詩人ジャンバッティスタ・マリーノ（一五六九―一六二五）の長篇詩（一六二三）で、主人公アドニスが見たリンゴの木。

たトウモロコシを一本もぎとったり、オレンジを一個摘みとったり、カタツムリをごっそり捕まえたりしたのでした。誰もがみな、何ひとつ手を触れていませんと王さまに言いきるのですが、王さまが庭園に出てみると、盗まれていることが発覚しました。

この暴君は生まれながらに怒りっぽい性格でしたので、猛《たけ》り狂って、盗みを働いた庭番を八つ裂きにするとか絞首刑にすると迫りました。しかし、しばらくすると、庭番の妻と子供、母親や父親、叔母、姉妹、兄弟、従弟の懇願に心をほだされて、犯人を赦《ゆる》してやりました。その悪人の代わりに新しい人を配置するのですが、その人もやはり王さまを裏切ってしまいました。盗みを働く絶好の機会として、その誘惑はそれほど強かったのです。

ある晩、王さまが窓際で涼んでいると、荷運び人夫たちが集まって、その日の稼ぎを分けているところが見えました。彼らは、集めた稼ぎを等分に山分けしながら、それぞれが自分の稼ぎをこっそりごまかしていないことを聖遺物にかけて誓うのでした。

最初の人夫は言いました。「このとおり、おれの稼ぎは八カルリーノ金貨だ。ここにある最初の殉教者聖ステファンさま[9]の左足親指の第二指骨にかけて、なにひとつ自分の懐に入れていないし使ってもないと誓う（この聖遺物は、おふくろがエルサレム帰りの巡礼を接待したお礼にもらったもんだ）。これが嘘なら、生きたまま八つ裂きにされてもいい」

二番目の人夫は言いました。「このとおり、おれの稼ぎは六カルリーノ金貨だ。ここにある聖母マリアさまの股ぐらの縮れっ毛にかけて、なにひとつ自分の懐に入れていないし使ってもないと誓う（この聖遺物は、おれのばあさんが、隠者暮らしをしていた聖人から死ぬ前にもらったものだ。バイアーノの聖アルカンジェロ修道院[10]の尼僧院長からうつされた梅毒を治すため、ばあさんが隠者に膏薬《こうやく》を貼ってやったお礼だ）。これが嘘なら、おれは生きたまま油の鍋で煮られて、煉獄に十万年間、三回入ったっていい」

お断りしておきますが、わたしは、これらの聖遺物が本物だと請けあうつもりはありません。とはいえ、この人夫たちは、しっかり調べて確かめたでしょう。だれもが

9　新約聖書『使徒行伝』に登場するユダヤ人キリスト教徒（三五年頃没）。

10　ナポリ市街にあったベネディクト会修道院で、悪魔にとりつかれたとされる尼僧たちの乱行のため一五七七年に解散。騒動を題材にフランスでスタンダールが歴史小説『バイアーノの聖アルカンジェロ修道院年代記』（一八二九）を出版、一八六〇年にナポリでその翻訳が再版された。

ご存じのように、聖遺物の効果は、なによりもそれを崇拝する人の信仰によるものです。聖アウグスティヌスは、オッサ・カーヌム・クイデン・ポッセ・ミラークラ・ファケレ、つまり純粋で熱心な魂が願いをかければ、犬の骨でも奇跡を起こせると記しています。[11] モンテヴァルキにある聖母マリアの「聖なる乳」[12]が本物であり、「聖なる帯」が本物だとしたら、運び屋が持っていた縮れ毛が本物でないなどとどうして言えるでしょう。「聖なる帯」とは、被昇天の聖母が使徒トマスに遺した帯で、十字軍のさいにプラートのミケーレ・ダゴマーリがサラセン女の嫁入り道具として手に入れ、(その帯を新床の下の箱に入れたまま)奥さんと寝ようとしたところ、奥さんともどもベッドから放りだされたそうで、そのほか数限りない有名な奇跡によって真正であると証明され、いまでも彼の故郷にある大聖堂の素晴らしい礼拝堂に安置されているのです。[13]

三番目の人夫は言いました。「このとおりだ、おれの稼ぎは四カルリーノ金貨だ。このキリストの包皮[14]の切れ端にかけて、なにひとつ自分の懐に入れていないし、使ってもないことを主張し、断言し、請け負うし、保証して、誓う(おれのひいばあさんが憲兵に追われていた山賊をベッドにかくまってやったとき、感謝のしるしに枢機卿から盗んだものをもらったんだ。口の悪い奴らは、プレティウム・メレトリキイ[15]だと言ったが、彼女に祝福あれ！）。これが嘘なら、おれは生きたまま臼ですりつぶされて、告解なしに死んで地獄の業火に落ちてもいい」

四番目は言いました。「おれの稼ぎは一タリだ。水を飲むのに三カッリ使った。これが残りの十九グラーナと九カッリだ[16]」

君主はたいへん驚きました。仲間たちが、この男に対しては、みんながしたような

---

11 聖アウグスティヌス（三五四―四三〇）は古代キリスト教の神学者。類似の表現がルネサンス期の哲学者ピエトロ・ポンポナッツィ（一四六二―一五二五）の『魔術論』（一五五六）にある。

12 トスカーナの町モンテヴァルキのサン・ロレンツォ教会にある聖遺物。

13 ミケーレ・ダゴマーリはイタリア中部の都市プラートの商人（未詳―一一七一）。ウルバヌス二世の呼びかけで第一回十字軍に参加、エルサレム滞在中に司祭の娘と結婚して聖なる帯を手に入れたとされる。

14 八〇〇年にカール大帝がローマ教皇レオ三世に献上した聖遺物で、ローマをはじめとするヨーロッパの複数の町にあった。

15 売春婦に払う代金。

16 一タリは二カルリーノまたは二十グラーナ、一グラーナは十二カッリ。

誓いを求めなかったからです。侍従を送って、その集団を王宮に上らせるとたずねました。「おい、お前たち三人は聖遺物にかけて誓わないとお互いを信用しないのに、いったいどうして、誰よりも稼ぎが少なかったこの男をそのことばだけで信じるのか？」

三人は口をそろえて答えました。「王さま、おれたちは互いをよく知っていて、だましたりくすねたりするとわかってます。ですが、このドン・ペッピネッロをよく知っていて、こいつが嘘やごまかしができない男だと承知しています。だから〈真実の口〉ドン・ペッピーノと呼んでいるのです[17]」

そこで王さまは言いました。「お前がそれほど正直で忠実であるなら、わたしのもとで働いてもらいたい。貴重な庭園の番をさせよう。そうなればバラもトウモロコシもオレンジもカタツムリも盗まれないと安心できるだろう」

ドン・ペッピーノはそれに大満足で、喜んで仕事を受けました。王さまの庭園に連れて行かれ、あらゆるものが規則正しく彼に引きわたされ、正副二通の専用記録で確認されました。青年は、旅から帰ってきたコロンブスから真珠でいっぱいの黄金の籠を献じられたスペインのイサベル一世のようでした。

集められた思いもよらない財宝が
突然日の前に出されて
あぜんとするその様子は
高くそびえる工房を建てるために
地下で穴掘り人夫が
鍬《くわ》で大地を掘りかえしている最中に
古代の壺を打ち壊し
そのなかに偶然すばらしい宝を見つけたよう[18]

ある金曜日のこと、ドン・ペッピーノが庭園の道をぶらぶらしながら鼻歌を歌い、毎晩のようにスコポーネ遊び[19]をしに来る昔の仲間を待っていると、地面に、石で頭を

17　ドンは男性に対する敬称。ペッピネッロ、ペッピーノはジュゼッペの愛称。
18　マリーノ（註8参照）を批判した詩人トンマーゾ・スティリアーニ（一五七三―一六五一）の詩『新世界』（一六二八）第二十四歌。

半分つぶされかけた、かわいそうなヘビを見ました。ヘビはばたばたと身をよじり、体を痙攣《けいれん》させてひどく痛がっていました。青年はかわいそうに思って、重たい石をどけました。傷口をきれいな水で洗い、血止め薬を数滴垂らしてやりました。ほっとしたヘビは、彼の腕に巻きついてヘビのことばでシューシューとお礼を言うと、黒い小さな目に感謝の念を浮かべて体を伸ばし、近くのがれきの間に消えていきました。

その少し先でドン・ペッピーノは大きな毛皮の塊が跳ねまわっているのを見ました。近寄ってみると、灰色と黒の斑点のある緑がかったトカゲが、カギ爪で押さえこまれているのに気がつきました。凶暴な雌猫は、爬虫類をもてあそび、死ぬまでさんざんいたぶろうとしていたのです。青年はかわいそうに思いました。獲物を手放させようと、飼いならされたトラに何かをやるふりをしましたが、猫は、「サウロクトノス」つまりトカゲ殺しというアポロンの[20]あだ名を手にしたいらしく、みせかけのほうびでは肉を手放そうとはしません。とうとう庭番は、大声を上げ、手を振って脅しました。すると猫は一歩引きさがり、すかさずトカゲは大急ぎで壁の割れ目へと逃げこみました。

そこにドン・ペッピーノの仲間たちがやってきました。彼らは、生きた大きなモグラを捕まえていました。尻尾で逆さ吊りにして、油をかけ、生きたまま火あぶりにしようというのです。しかたありません！　かれらは荷運び人夫で、人夫に優しさなど必要ないのですから。苦痛や痛みを喜ぶのは、動物はもちろん人間にとっても自然の本能のように思われます。数か月も同じ部屋で暮らしてきた豚を屠《ほふ》る日の農家はどれほど喜びにあふれていることでしょう。哀れな豚があごに鉤《かぎ》を掛けて吊るされ、内臓を割かれると、子供たちは大はしゃぎで飛びまわり、ふざけて豚の悲鳴を真似たり、震える肉とルビー色の鮮血を見て興奮したりするのです！

子供が冷酷なふるまいをするのは、家畜や人間に対する憐憫《れんびん》の情は、教育によって魂に刻まれる人為的な感情だからです。どんな民族も同じように冷酷です。文化の虚飾が、原始の凶暴さをかろうじて隠しています。「ロシア人を一皮むけば下からコサック人が現れる」と言ったのは、どこかの有名人、おそらくはフランスのだれかでしょう。[21]ロシア皇帝の臣民に対する当てこすりのつもりだったのでしょうが、そのこ

19　ナポリ発祥のカードゲーム。

20　紀元前四世紀ギリシアの彫刻家プラクシテレスの作品『アポロ・サウロクトノス（トカゲを殺すアポロン）』。

とわざがすべての人に同じように当てはまるとは気がつきませんでした。都会人を一皮むいてごらんなさい。その下に田舎者がいるでしょう。上品な態度はたんなるうわべの塗料にすぎません。文明人を一皮むいてごらんなさい。裸の野蛮人となり、共喰いして人肉を食べるでしょう。みんなが思うほど、わたしたちはカニバリズムとアントロポファジーから遠ざかっていないのです。

人間の性質にある善良さ、美しさは、作られたもの、獲得されたもの、人為的なものです。わずかでも定められた関係が乱れたり、熱情が爆発したり、抑えが緩んで法律の歯止めがひっくりかえされると、野獣のような原始人がふたたび現れます。マコーリー[22]は、フランス第一共和政のおぞましい犯罪と、醜悪な野獣と化した国家の様子について「たった数か月でフランスはニュージーランド以下に堕落した」と叫びました。現在、コミューン義勇兵とヴェルサイユ軍の両者の非道な行いに対して、それまでフランスは礼儀正しくパリは上品だと思っていたヨーロッパのだれもが打ち震えています。

とにかく、これは関係ありません。とにかくドン・ペッピーノのかつての仲間たちは、モグラを生きたまま火あぶりにして楽しもうとしていました。さらにつけくわえますと、宮廷庭番が小動物をかわいそうに思ってあれこれ言葉を尽くしたので、仲間たちは、おいしいワインひと瓶をおごってくれるなら動物を譲って罠から放してやろうと約束しました。彼らはさんざん飲んで遊ぶと、帰っていきました。

真夜中を少し過ぎたとき、戸口を強く三度たたく音と、三度大きな鐘の音がして、ペッピネッロは目を覚ましました。ベッドから跳ね起きると灯りをともして、ズボンを穿《は》いて急いで戸を開けに行きました。開ける前にたずねました。「だれですか？」「友達です」細い、銀のような優しい声が答えます。聞いたことのない声でしたが、どんな人間でも扉を開かずにはいられなかったでしょう。そこで彼が戸口を開けると、目の前に三人の美しい女性が立っていました。

彼が上着を脱いだ姿で応対する無礼を謝ろうとすると、彼女たちは彼に話をさせず、あなたはわたしたちを助けて苦しみから解放してくれた、救ってくれたのですと言い

21 ナポレオン一世（一七六九―一八二一）、またはウイーン会議を「会議は踊る、されど進まず」と評したシャルル・ジョゼフ・ド・リーニュ公（一七三五―一八一四）のことばとされる。

22 イギリスの歴史家トーマス・マコーリー（一八〇〇―一八五九）。著書に『イングランド史』（一八四八―一八六一）。

ました。なんのことか、みなさんにはご想像がついたでしょう。

……五日目、妖精たちは
自らの不死の体がおぞましい鱗《うろこ》で覆われ
不快なヘビと化して
地面を這いまわり
激しく力強くのたうつのを目にする
しかし曙光《しょこう》に照らされたその姿は以前より美しく
恋人たちをうっとりさせ、そして一瞥するだけで
大地と海を意のままにひっくりかえす[23]

とパリーニは書いています。この引用箇所の最後から二行目で、「そして一瞥《エ・ア・ウン》」をひとつの音拍に押しこんだことは許せません。なんというひどい耳障りな音でしょう！

前日の夕方に出会ったヘビとトカゲとモグラは三人の妖精でした。魔王《デモゴルゴン》[24]から罰を

受け、毎週金曜日、おぞましい姿になるよう命じられていたのですが、夜十二時の鐘の音が鳴ると、本来の美しい姿に戻りました。妖精は、むごたらしい死から救ってくれた恩人に一刻も早く報いたかったのです。ドン・ペッピーノは信じられずにいましたが、その証拠として、石の傷と、雌猫の爪痕、罠に挟まれた青あざを見せられました。したがってアウグスト・コンティ神父[25]の言う哲学の三つの基準、つまり明証と愛情と信仰を信じるしかありません。すると、それぞれの妖精は彼に魔法を授け、贈り物を渡しました。青ざめた元ヘビ《エサングエエクサングエ》[26]は鍬《くわ》を、元トカゲは鋤《すき》を、元モグラは鶴嘴《つるはし》を彼に贈りました。

最初の妖精はドン・ペッピーノに、あらゆる贈り物にも懐柔されず、どんな脅しに

23　ジュゼッペ・パリーニ（一七二九―一七九九）の風刺詩『一日』（一七六三）の「朝」の一節。
24　ジョヴァンニ・ボッカッチョ（一三一三―一三七五）の『異教の神々の系譜』（一三五〇―一三七五）で、神々に先立つ原初の存在とされた。マッテーオ・マリーア・ボイアルド（一四四一―一四九四）の叙事詩『恋するオルランド』（一四八三）に妖精の王として登場する。
25　カトリック哲学者アウグスト・コンティ（一八二二―一九〇五）。著書に『真実のなかの善』（一八七二）、『物事の調和』（一八七八）。
26　形容詞esangue「血の気のない」と名詞ex-angue「元ヘビ」の同音による言葉遊び。

も負けず、どんな巧妙なたくらみにもだまされない力を与えました。ふたり目の妖精は「とびきりの美女たちがあなたの愛を欲しがるでしょう」と言いました。三番目の妖精は「あなたが今仕えている王の跡継ぎとなるでしょう」と予言しました。

そしてあらためて何度もお礼を言うと、三人のとても美しく優美な女性たちはその場を立ちさり、妖精の国へ一瞬で帰っていきました。その国は、はるかかなたのブッフィア、トルッフィア、オガ・エ・マゴガよりさらに先のきわめて遠いところにあるのです。[27]

毎週日曜日の朝になると、〈真実の口〉ドン・ペッピーノは主人の部屋に参上し、ベレー帽を脱ぐと、ひざまずいて手に口づけをし、こう言いました。

――陛下に良き年と良い一日があらんことを
　おれはここに参りました
――おお、ドン・ペッピーノよ
　余の庭には花が咲きほこっておるか？
――花が咲きほこり、実をつけております

皆がうらやむほどに
——余のバラはどうしておるか？
——つぼみを開き、かぐわしい香りを放っております
——余のトウモロコシはどうしておるか？
——見わたす限り伸びております
——余の黄金のオレンジはどうしておるか？
——すべてその場におります
——余のカタツムリはどうしているか？
——草を食《は》んでおります

　そこで王さまは一週間の余禄を与えました。そして珈琲とロゾーリオ酒[28]でもてなし、高級なハバナ葉巻を贈りました。そしてドン・ペッピーノは退出しました。王さまが

27　ブッフィア、トルッフィアは『デカメロン』六日目第十話にある表現で、オガ・エ・マゴガと同様、どこか遠い場所を示す。

28　アルコールにさまざまな香料を加えて作られる甘いリキュール。

庭に降りていくことはなくなりました。この庭師が正直で、誠実だと信じてよいとわかり、ドン・ペッピーノが他の人のような振る舞いをして、バラやトウモロコシやオレンジやカタツムリを盗んだりする心配がなかったからです。そして王さまはますますこの青年を褒めちぎって、言いました。「余にとって、彼を見つけられたのは本当に運がよかった！　神にはどんなに感謝してもしきれない！」

ある日、王さまが庭番をしきりに褒めたたえていると、王の母親（父親は亡くなっていました）と妻、弟、息子の四人は、ドン・ジュゼッペこそ嘘と裏切りのできない唯一の人間であると言われつづけるのにいらいらして腹を立て、王さまに言いました。

「だとしても、あの男だって人間《ウォーモ》だろうし、間違いはあるでしょう」

「なんだと！　竿と玉を切りおとされていないかぎり、かの者が男《ウォーモ》なのは余も同じ意見だ。だが他の人間とはまったく違う。母上、わが妻、わが弟、わが息子、お前たちのほうが、あの者よりも先に余を裏切るに違いない」

すると侮辱されたと感じた四人は、次の日曜日に〈真実の口〉ドン・ペッピーノが王を裏切って嘘をつくかどうか賭けようと言いだしたのです。「もし、ペッピーノが嘘をつくようなら、余はこの首を切られてもかまわない」と王さまは答えました。こうして賭けが決まりました。もしドン・ペッピーノが嘘をついたら王さまは首を切られることになり、嘘をつかなければ四人が首を切られるのです。王さまは、若者を誘惑するのにどのような方法を使ってもよいと認めると、メタスタジオのアリエッタを口ずさみながら彼らに尻を向けました。その歌には、あのきざな作詞家が作ったおそらく唯一の不協和音が含まれています。


わたしは誰を信頼しよう《ディ・キ・ミ・フィデロ》?

あなたにすらだまされるのなら[29]

ディ・キ・ミ・フィ? こんなにたくさんのイ段の音が並ぶとは、まあ、ひどい!

最初に、王の弟がドン・ペッピーノに会いに行き、話しかけました。

「ドン・ペッピーノ、お願いがあるんだ」

29 オペラ台本作家ピエトロ・メタスタジオ(一六九八―一七八二)の『見捨てられたディドーネ』第二幕第四場。

「殿下、なんなりとお命じください」

「言うとおりにしてくれたら、ひと財産をやってお前を金持ちにしてやろう」

「あなたに喜んでいただければそれだけで充分です、殿下」

「王のバラ園のバラを一輪、欲しいのだ」

「殿下、ほかのことならなんでもしますが、そのことには従えません」

「千ドゥカーティをやろうではないか」

「そうしたら日曜日にわたしはどうしたらいいのでしょう？　王さまに嘘を言えとでも？」

「二千、二千ドゥカーティ、やろうではないか。どうだ。十分な支払いだろう」

「それはできません」

「では一万ドゥカーティをやろう」

「いえ、いえ、無理です」

「二万ではどうだ？」

「たとえ十万、一千万ドゥカーティだとしても、王さまを裏切って嘘をつくことはできません」

そして少々失礼な態度ではやし歌をぶつぶつ歌いだしました。

薄暗くて茂みとやぶのなかにいるみたい
あなた、何をおっしゃってるの？　わかりませんよ！
イタリア語でお話しくださいドイツ語じゃなくて

王の弟はさらに大きな金額を出してあらゆる手を使って誘惑しましたが、まったく歯が立ちません。ドン・ペッピーノは買収されませんでした。そして王の弟は、がっかりして身内のもとに戻り、言いました。

「あなた方がわたしよりも運がよくないとしたら、わたしたちの首は危ないぞ」

そこで王の息子が叫びました。

「おれが行こう。サングエ・デッラ・マドンナ！[30]　目にもの見せてやる」

30　「聖母の血」を意味する罵倒語。以下、「神泥棒」、「聖母の経血で揚げた聖餅」、「キリストの体」、「聖なる悪魔」、「神詐欺師」と冒瀆的な悪態が続く。

ドン・ペッピーノのところに行って、話しかけました。

「おれが誰だか、知っているか？」

「皇太子殿下を知らない者などおりましょうか」

「おれは、父のトウモロコシの穂が一本欲しいのだ。今すぐに。ディオ・ラードロ！なにをそこにつったっているのか。さっさと持ってこい」

「殿下、それはなりませぬ」

「オスティア・フリッタ・ネル・マルケーゼ・デッラ・マドンナ！ならぬとはどういうことだ、おれの望みだというのに？　コルポ・ディ・クリスト！」

「ほかのものでしたら、なんでもお申しつけください。そんなことをしたら、あとで日曜日におれはどうしたらいいのでしょう？　国王陛下に嘘をつくのでしょうか？」

「それなら嘘をつけ、何とかごまかすがいい。おれにはどうでもよいことだ」

「おれには大事なことです！」

「なんだと！　サント・ディアボロ！　おれの望みを断るというのか？」

「かなえることはできません」

「お前の魂がいかれてしまえ！　この悪党め、おれが命令しているのに逆らおうとでもいうのか？」

「できないと言ったらできません」

「殴り倒してやるぞ！」

「殿下、どうぞご自由にお殴りください。でもおれは嘘をつけません」

「なんて奴だ！　お前の先祖の魂なんて呪われちまえ！　おれが父の跡を継いで王になるのを待っていろ、ディオ・ビルボーネ！まっさきにお前を馬の尻尾にくくりつけて、町中引きずりまわしてやるからな。もし、すぐにおれの言うことをきかないのなら」

「殿下、お気に召すようになんでもわたしをいたぶってくださってかまいません。でもおれは嘘をつきません」

皇太子がどんなにおどしても無駄でした。がっかりして身内のところに戻り、母親と祖母に言いました。「あなた方がわたしより運がよくなければ、わたしたちの首は危ない」

そこで皇太后が言いました。「わたしが行きましょう、見ていなさい」

彼女は貧しい女の恰好をするとドン・ペッピーノのところに走っていき、涙を流し、すすり泣きながら膝にすがりつきました。「あなたの母親の魂にかけて、お願いです、わたしのペッピーノ」

青年は最初、女がだれかわかりませんでした。「どうしたのだい？　おばあさん。なにかお役に立てることがありましょうか？」

「死にかけている我が息子をお助けください。助けられるのはあなただけです」抜け目のない婆さんの演技が上手だったので、哀れなドン・ペッピーノはすっかり同情して、いっしょに涙を流して、死にかけの息子を治療するためなら何でもすると約束しました。

「医者は何と言っているの？」

「医者が言うには、王さまのオレンジで作ったジュースを飲ませれば、すぐに良くなるそうです」

ドン・ペッピーノは頭をかきはじめ、眉間《みけん》にしわを寄せました。

老婆は言いました「どうかお憐れみを。オレンジの実を一個、一個だけくださいな。ひとつ足りないくらい、王さまは気がつかないでしょう。それに、王さまは臣民の父親のようなお方ですから、きっとだめだとは言わないはずです。もしこんなに急いでいなくて、謁見《えっけん》のお許しをお願いする時間があったとしたら。わたしの身にとって喜びであるひとり息子を助けてください。神様があなたに報いてくださるでしょう。わたしと同じように、ヘロデ王の膝にすがって息子の命を救ってほしいと懇願したあの聖母にかけて誓います。自分が産んだ子が死ぬのを見るのがどれほどつらいか、あなたにはわからないでしょう」

ドン・ペッピーノは涙を流して老婆を慰めようとしました。しかし彼女がどんなにくいさがって空涙を流し、気絶するふりをしても、彼は心を大変揺さぶられたものの主人を裏切って日曜日に嘘をつこうとはしません。「王さまのご指示が必要です。書面で命令を持ってきてくだされば、庭にある果実すべてだってお渡ししましょう。でも命令がなければダメです！　種《ニックス》ひとつ、ブドウの種ひとつだってお渡しできません！」

けっきょく、えんえんと言いあらそったあげくに王との約束を破らせる見こみがないとわかると、老婆は手ぶらで身内のところに帰っていきました。そして王妃に言いました。「お前がわたしより運がよくないとしたら、わたしたちの首は危ない」

すると王妃は言いました。「わたしがやってみましょう。見ていなさい」

彼女は、完璧な妻となるのに必要な五つのPをすべて持っていたわけではありません。

妻にするなら五つのPを持つ娘がよい

敬虔で、つつましく、美しく、恥じらいがあり、能力がある[31]

でも三つ目のPの点ではとびぬけていました。美しいどころか、きわめて美しい女性だったのです。彼女は、翌日、襟元が大きく開いた、ゆったりとしたとびきり美しい服を着て、最高級の宝石を身につけました。足元まで垂れさがるほど長い髪をほどいて、玉のちりばめられた王冠をかぶりました。その額にある大きな大きなダイヤは、明けの明星のように強く光り輝き、じっと見ることができないほどでした。十七世紀のカヴァリエーレ・フラ・カルロ・デ・コンティ・デッラ・レングェリア[32]が『アルディミーロ』で歌った表現で言うならば、「彼女の鮮やかな金髪はきわめて高貴で自由に解き放たれ、頭はその財宝を惜しんで周囲に縛りつけることはせず、肩と胸に広げていた。おそらくこうした高貴なふるまいを彼女は生まれ故郷から学んだのであろう、故郷の緑の山頂が、緑の野を流れる数々の小川と同じだけの組み紐に分かれた銀色の波を振りまいていたように、彼女もその豊かな乳房の谷間と脇に黄金の波を振りまき、イストロ[33]とナイルに比肩する黄金色の川は、誇らしげにその尊い小島を形作っている」やれやれ！　一息つかせてください。

とにかく王妃殿下はそんなふうに着飾って庭に降りると、〈真実の口〉ドン・ペッピーノに会いに行きました。彼を見てすぐに優しく挨拶をすると、甘い微笑みとダイヤモンドの輝きに、青年はうっとりとして茫然となりました。

「ドン・ペッピーノ、あなたにお願いがあってきたの」

「奥さま、おっしゃってください、そんなことをおっしゃられるとはおれは幸運な男です」

31　ラテン語の二行連。形容詞Pia, Prudens, Pulchra, Pudica, Potensの語頭のPから。

32　レングェリア伯カルロ（一六〇〇？―？）はイタリア北部リグーリア地方の町アルベンガ出身の作家。『アルディミーロ』（一六三七）は、キプロスの老王アルディミーロの悲恋を描いた物語。

33　ドナウ川の古名。

「ドン・ペッピーノ、王のカタツムリを三匹渡しなさい」

「ああ、奥さま、それはなりません。そんなことをしたら、日曜の朝、王さまに嘘を言わなければならなくなります。嘘をつくなんてとんでもない！　それに毎週日曜日ずっとなんて！」

そこで王妃は彼の手を取り、生い茂る蔓棚の下に連れて行きました。そして長椅子で自分の隣に座らせました。彼の顔をじっと見て手を握ると、微笑んで言いました。

「三匹だけでいいからカタツムリをちょうだい、わたしの愛しいペッピネッロさん。そうしたら、あなたのどんな頼み事でもけっして断らないって約束するわ」

ドン・ペッピーノは小枝のようにぶるぶる震えました。女の美しさに魅了され、彼女を手に入れたいという抑えきれない欲望が腹の底から湧いてきて、全身かっかと燃えたぎりました。

「ああ奥さま、そうおっしゃるのはおれをからかっているのでしょう。カタツムリを渡したら、おれのことなど知らないふりをするに決まっています」

「今言いなさい、先に言いなさい。欲しいものはすぐに手に入りますよ！」

「すぐにですか？」

「わたしに言えるうちに！」

王妃の顔は青年の顔のすぐそばにありました。そこで彼は言いました。「おれはキスが欲しい」

こうして彼がたった三つの単語を使って求めたものを、ジローラモ・フォンタネッラは『哀歌』で、ヘロデ王からマリアムネに対して三行の詩行で言わせています。

わたしの首を鎖で繫ぎ留め、激しく
あえぎながら、わたしのもとに来るがいい、ぴったりと寄り添い
胸と胸、唇と唇、心臓と心臓を合わせて[34]

そしてその婦人は彼の首に手をまわし、顔と顔とをぴったりひとつに合わせると、舌と舌を溶け合わせました。フォンタネッラが、ゼルビーノの腕に抱かれたイザベッ

34 ナポリの詩人ジローラモ・フォンタネッラ（一六〇五―一六四四）の『哀歌』（一六四五）所収の詩「マリアムネの死」。マリアムネは、ユダヤ王国を統治したヘロデ大王の妻。

ラについて自分の表現をくりかえし用いたように。

喜ぶ恋人のうえに倒れこみ、ひとつにした
胸と胸、口と口、心臓と心臓を[35]

「これで満足？」

食欲は食べるにしたがって生じるもの。少しの楽しみはいらいらさせ、欲望を消すよりもかきたてます。ついさっきまで、その美人のキスはドン・ペッピーノにとってすばらしいものに思えました。キスを手にすることがあらゆる幸せの頂点であり、それ以上の望みはないと感じていたのです。ちょうどカルロ・マッティーア・サラチーニが『ストラトニケの悲劇』で歌ったように。これは一六五二年にトレント司教領マンドルゥッツォ伯カルロ・エマヌエーレ猊下に献じられた作品です。[36]

ああ、わたしほど幸せなものがいるだろうか？
この唇が、美神と愛神の巣である彼女の

唇とひとつになるのだとすれば
深紅のバラの間で、わたしは優れたミツバチとして
なんと多くの快楽から蜜を集めることだろうか

ところが、今になってみると、キスだけで満足するくらいなら、いっそなにも手にしなかったほうがましだと思われました。のどが渇いた人が一滴、水をひとしずくだけでも求めるようです。その一滴、たったひとしずくは、より苦しみを増して死なせる以上になんの価値があるでしょう。

「満足なんて、いえいえ、もっとほかに」

「では言いなさい、何が欲しいの？」

「おれが欲しいのは……　口では言えません」

35　『哀歌第二』（一六四五）「ゼルビーノの死に際してイザベッラ」。ゼルビーノとイザベッラはルドヴィコ・アリオストの叙事詩『狂乱のオルランド』に登場する騎士と恋人。
36　セレウコス朝シリアの王アンティオコス一世（前三二四―前二六一）と妻ストラトニケの愛を描いた劇。

「この耳にささやきなさい、言えば手に入るでしょう。さあ言ってみなさい、お望みのことをこのわたしだって望んでいるのだから！」

「それでは、ええ、こんな厚かましい願いの罰として八つ裂きの刑になってもかまいません、おれと寝てほしいのです。あなたとしたいのです」

するると女性は彼を自分の胸に抱き寄せるとスカートをたくしあげ、長椅子に寝そべって、いっしょに横になりました。そして一度交わったのち、少し不満げな男を見ると——というのも、彼は動転していたうえに、あまりに激しく動きすぎたので、その荷車が城門から逸れてしまったからですが——、彼女は優しくなでたりさすったりし、ヤギのような乳房のバラ色の乳首を彼に吸わせて、肉付きの良い引き締まった尻を触らせ、もみくちゃにこねまわさせました。そして王妃の両手で、荷運び人の萎えた肉塊をふたたび元気にさせて、一度、二度、港へ導きました。

彼女は何度も交わると、微笑んでもう一度たずねました。「これで満足かしら？」

ドン・ペッピーノは、林檎のように丸々とした彼女の乳房を指でもてあそびながら、まだ何かいたずらしてみたいというように、唇を突きだして意地悪そうな目を輝かせました。「なんなの？　言ってごらん？　いまさらわたしが断るようなことがあるとでも思うの？」

青年は、右手の人差し指で禁断の穴に触れ、そこにつっこもうとしました。

「まあ！」王妃は言いました。「あんたもこのひどい癖があるの？　この大豚さん！　でも、なんであろうとできる限り満足させるってわたしは誓ってしまった。どんな体勢がお望み？」そして、その〈大豚〉が傭兵隊を固く起立させているのを確かめると、そのまま身を任せました。慣れている青年は、躊躇《ちゅうちょ》せずに彼女の尻に玉のところまで深く（たとえて言えば）杭を打ちこみました。

こうしてふたりが落ち着いて、それぞれスカートを引きさげ、下履きのボタンを留めると、ドン・ペッピーノは彼女に三匹のカタツムリを渡して言いました。「これはキスの分、これはいっしょに寝てくれた分、これはお尻の分です」

王妃はそれを受け取ると、大喜びで身内のところに戻りました。「わたしはあなたたちよりも運がよかった。ドン・ペッピーノはこの三匹のカタツムリをくれました。日曜の朝、夫に嘘をつくでしょうよ。これでわたしたちの首は安心です」しかし、銀と真珠母でできたカタツムリを手に入れるためにどんな代償を払ったのかは、恥ずかしくて言えませんでした。

一方、哀れなドン・ペッピーノはじっとしていられず、王さまに言うことばがみつかりません。「裏切ったことをどうやって隠せるだろう？」鍬《くわ》を手にして地面につきたてると、その柄に上着をかけ、帽子を乗せて言いました。「こいつを王さまということにしよう」それから祝日の服を着て、服を着せた鍬のところに行くと、ベレー帽を脱いでひざまずき、上着の右手にキスをして挨拶を始めました。

陛下に、良き年と良い一日があらんことを
ここに参上いたしました

そこで、服を着た鍬になりかわって、王さまの鼻声をまねて答えました。

――よい一日を、ドン・ペッピーノよ
余の庭には花が咲きほこっているか？
皆がうらやむあの庭は
――花が咲き、実がなっております

誰もがうらやむばかり
──余のバラはどうしておるか？
──つぼみが開き、かぐわしい香りを放っております
──余のトウモロコシはどうしておるか？
──見わたす限り一面に伸びております
──余の黄金のオレンジはどうしておるか？
──すべてその場におります
──余のカタツムリはどうしているか？
──草を食んでおります

「だめだ！　これでは嘘をついてしまう。いや、だめだ！　これじゃまずい」

今度は別の場所に鶴嘴をつきたてました。それに服を着せると、同じようなドタバタ劇を始めました。何か嘘を吹きこもうとしたのです。たとえば、ハリネズミがカタツムリを三匹食べてしまったとか、そんなほら話を。しかしやっぱり頭を振って、結局は「だめだ……嘘をついてる。うまくいかない。これじゃだめだ」と言いました。

今度は鋤をつきたてましたが、やっぱり同じでした。夜になりました。彼は小さなベッドに身を投げましたが、目を閉じることができません。真夜中になって、地面につきたてておいた鍬が泣いているのが聞こえました。すると、鶴嘴が鍬に向かってたずねました。

——鍬さん、どうして泣いているの？
——ああ、大変なんです！
——よければ、わたしに教えてください
——美しい王妃殿下を抱きしめるために
ドン・ペッピーノはカタツムリを一匹盗んでしまった
そして明日嘘をつくでしょう
もし嘘をついたら
頭を鍬で叩かれるでしょう

それを聞いて、鶴嘴も泣きだしました。すると鋤がたずねました。

——鶴嘴さん、どうして泣いているの？
——ああ、大変なんです！
——よければ、わたしに教えてください
——美しい王妃殿下と交わるために
ドン・ペッピーノはカタツムリを一匹盗んでしまった
そして明日嘘をつくでしょう
もし嘘をついたら
頭を鶴嘴で叩かれるでしょう
そこで鋤も泣きだしました。ドン・ペッピーノは起きあがって鋤に言いました。
——鋤さん、どうして泣いているの？
——ああ、大変なんです！
——よければ、わたしに教えてください

――美しい王妃殿下のお尻をいただくために
今朝あなたはカタツムリを一匹盗んでしまった
そして明日嘘をつくでしょう
もし嘘をついたら
頭を鋤で叩かれる

ドン・ペッピーノは、自分の悪行のせいで正直な仕事道具たちが苦しんでいるのに心を動かされ、過去の行いを恥じながらこれから先のことについて彼らを安心させようと、答えました（おそらく鍬や鋤や鶴嘴で叩かれると言われたのが怖かったのもあるでしょう。刑罰には道徳心を強めるのに信じられないほど効果があります！）。

真実の口は
嘘をつきません

そして、ベッドに入ってぐっすり寝ました。朝になると晴れ着を着て、王さまに言うことを決心すると、鍬や鋤や鶴嘴を肩に担いで王宮へと歩きだしました。ときどき地面に道具のひとつをつきたてて、王さまに言うべき言葉をくりかえし、自分の決めた決心に満足していました。宮殿にやってくると、宮廷の全員が大きな部屋に集まっています。そして天蓋《てんがい》付きの玉座に座った王さまをその弟と息子、母親、妻が囲んでいました。王さまは暗い顔をしていました。王妃に三匹のカタツムリを見せられて、自分の首が危ないと感じていたからです。心のなかで、自分がひとりの男の正直さと忠誠心をすっかり信じてしまったことを何度も何度も呪っていました。自分が交わした約束の言葉を守る義務をどうやってごまかそうかと思いめぐらしていました。ドン・ペッピーノが入ってきて、ベレー帽を脱いでひざまずくと、主君の手に口づけをして、こう言いました。

――陛下に、良き年と良い一日があらんことを
おれはここに参りました

――よい一日を、ドン・ペッピーノよ
余の庭は花が咲きほこっているか？

――花が咲きほこり、実をつけております
皆がうらやむほどに
――余のバラはどうしておるか？
――つぼみが開いて、かぐわしい香りを放っております
弟殿下がお買い求めに来られて
黄金を山と積まれましたが、何ひとつ手に入りませんでした
――余のトウモロコシはどうしておるか？
――見わたす限り伸びております
皇太子殿下が奪いに来られて
恐ろしい罰でおれを脅しましたが、何ひとつ手に入りませんでした
――余の黄金のオレンジはどうしておるか？
――すべてその場におります
母君殿下が欲しいと嘆願に来られて
悲しげな涙を流されましたが、何ひとつ手に入りませんでした

――余のカタツムリはどうしているか？
――真実の口は
嘘をつきません
王妃殿下がカタツムリをご所望になられました
おれの望んだものを差しだされて、三匹を手に入れられました
一匹目の代金としてそのキスを
二匹目の代金にその体を
三匹目の代金にその尻の穴をわたしは頂戴いたしました
鍬と鋤と鶴嘴が一切承知しております
おれが語ったことが真実だと保証してくれるでしょう

宮廷のみながどれだけ驚いたか、王の弟、母、息子がどれだけ恐れおののいたか、王妃がどれだけ当惑し恥ずかしく思って否定しようとしたか、そして王さまが妃に対してどれだけあきれ果てたか、想像してみてください。鍬と鋤と鶴嘴は、王さまに問いただされて、見たこと聞いたことをそのまま答えました。実際のところ、四人は規

則にしたがって賭けに勝ったのです。つまり、あまり望ましからない寝取られ男という冠をかぶせられたとしても、王さまは青年をどんな手段を使って誘惑してもよいと四人に許していた以上、文句はつけられませんでした。とはいえ自分の称号のひとつに寝取られ公爵《コルノヴァリア》の称号が加わるのは我慢できませんし、さらに自分の首を切りおとされるつもりも毛頭ありません。結局王さまは、王妃が使った手段が非合法であり、良識に反する《コントラ・ボノス・モレス》と宣言しました。こうしてその賭けは無効になったのです。

そして王さまは王妃を放埒《ほうらつ》だと訴え、母と弟、息子を、不道徳を煽動させ増長させた罪で告発しました。イギリス国王が妻キャロラインに対して起こした裁判と同じくらい破廉恥な裁判でした。[37] 法廷は四人を窯焼きの刑に処しました。その国では国王反逆罪による死刑は、そうなる決まりだったのです。まさに聖書でバビロニアでの慣例が語られているように。

「そこでネブカデネザルは怒りに満ち、シャデラク、メシャクおよびアベデネゴにむかって、顔色を変え、炉を平常よりも七倍熱くせよと命じた。またその軍勢のなかの力の強い人々を呼んで、シャデラク、メシャクおよびアベデネゴを縛って、彼らを火の燃える炉のなかに投げこめと命じた」(旧約聖書『ダニエル書』第三章十九—二十節)

判決が知れわたり、石炭で死刑執行の窯が熱せられ、その窯にスコップで放りこまれるのはパン生地ではなく王族と王妃だと知らされると、町中の人が見物に集まりました。牢獄から四人の囚人が耳にしたのは、彼らを灰や炭にするためかきたてられた炎が燃え盛るのを見た群衆が騒ぎ、大声をあげて鼻を鳴らす物音でした。人々は窯入れの時間を逃すまいと、夜の広場で大騒ぎをしながら陽気に飲み食いをしてふざけていたのです。王族が殺されるのを見物したいという新妻の願いでやってきた新婚夫婦もいました。一週間良い子にしていた褒美に子供たちを連れてきた両親もいました(その日は土曜日でした)。噂では、寄宿学校の校長先生が、生徒の教育としつけのため、子供たちの思想の幅を広げるために、生徒たちを連れてきたそうです。鉄道列車で何千人という人が都会の舗道に運ばれてきました。田舎や地方の物好きな人たちも、この前代未聞の悲劇を一目見たいと考えたのです。宮廷人たちは苦々しく思って顔を見合わせましたが、王さまの復讐を非難しようとするものはいません。

37 イギリス国王ジョージ四世(一七六二―一八三〇)は、皇太子時代に、王妃キャロラインに対して不貞を理由に離婚を求める裁判を起こしたが、認められなかった。

ただひとりペッピーノだけは、自分のせいで四人が窯焼きにされるのは無残だと思いました。とくにあの美女の王妃が焼かれるのは、肉欲の陶酔の瞬間を彼に与えた罪しかない彼女が焼かれるのはあんまりだと考えて、彼は王さまの足元にひれ伏し、すすり泣きながら膝にすがりつき、罪人に恩赦をお与えくださいと哀れな人のために請願しました。

最初、王さまは聞く耳を持ちませんでした。「お前は何を気にしているのか、何の関係があるのか？　自分にはまったく関係ないことに、くちばしを挟もうというのか。お前のために窯を熱しているのではないし、お前が窯に入れられるのではないのだ。お前が窯に閉じこめられるわけではない。神が命じる自分の仕事に気を配れ。生《は》やされた角[38]の褒美にお前を窯に入れない余の情け深さに感じいるがいい。赤の他人にかかわりあうな。自分の面倒を見ておけ。関係ないことに思い悩むでない」

しかし、ドン・ペッピーノはお願いを続けました。王妃が罪を犯したのなら、わたしだってまた罪を犯したのです。同じ過ちなのに女を窯焼きにして、男を無罪放免にするのは正しくありません。一瞬の迷い、無思慮のせいで、長きにわたる甘い関係を台無しにし、甘美な思い出をかき消してはいけません。女性の弱さを少しは認めるべきでしょう。王家の一族が、なによりも王位継承権を持つ皇太子が、死刑執行人の手にかかって苦しむ光景を民衆に見せるのは危険です。王座の安定に大いに貢献している不可侵性という思いこみを王自らの手で壊してしまいます。それに親族を根絶やしするなんて狂気の沙汰だ。王権と財産をだれに遺すのですか、と。

けっきょく、ペッピーノがさんざんことばを並べ立てたので、王さまは寛大にも四人の罪人の命を許してやり、王妃と離縁し、母を修道院に入れ、弟を流刑に処し、息子を軍隊に入れることで満足しました。軍隊に入ったその息子は、しばらくして戦闘で命を落としました。そして王さまは、当時もっとも有名なフレスコ画家であるミケランジェロ・ブオナスコーパ[39]に命じて会議の広間に「逸楽」と題した絵を描かせ、その下に二行詩を刻みました。

身体を、富を、魂を、社会を、結束を、名声を

38 「角が生える」は、妻を寝取られることを指す表現。
39 へたくそな画家の呼び名。

消耗し、消尽し、殺し、憎み、破壊し、棄損する[40]

この事件をめぐってはキリスト教界の新聞で盛んに議論され意見が出されました。ちょうど似たような事件について、トンマーゾ・コストが『フッジローツィオ』で語っています。「その場にいた人たちは、古代ローマ人たちには離婚という制度があったことについて、いろいろ話に花を咲かせました。そして結局は、その特別な場合（古代ローマ人は結婚を解消不可能なものとする神の立法に縛られていなかったので）、この事例でもやはりローマ人はきわめて賢明であったという話になりました。妻がみだらであり夫に恥を与える結果となったのなら、夫として彼女を殺すしかなく、それは狂気の、むしろ悪魔のような行いであるから」[41]

この物語の王さまは、その後もずっと〈真実の口〉ドン・ペッピーノを大事にし、自分が死んだのちは彼に王国を遺しました。おそらく、妻の行いと徳によって自分と彼の間に親戚関係が結ばれたと考えたのかもしれません。そしてドン・ペッピネッロは、魔法の力を持った鍬と鋤と鶴嘴の忠告につねに従って、何年も何年も幸福に満足して暮らしました。こうしてヘビとトカゲとモグラが予言したとおりになったのでした。

葉っぱは狭く、道は広い
わたしは自分の物語を話したから、今度は君たちの話をしておくれ
クックルクー
これでおしまい

40 女性の肉体に関するラテン語のことわざ。
41 ナポリの伝記作家トンマーゾ・コスト（一五四五?―一六一三?）の小話集『フッジローツィオの八日間』（一五九六）。

解説——隠れた幻想小説を探して

橋本 勝雄

イタリアではなぜ「幻想小説」の開花が遅れたか

十九世紀イタリアの幻想小説は、二重の意味で陰に隠れた存在である。同時代のフランス、ドイツと比べて、さらには二十世紀イタリアと比べて、有名作家が少ない印象を受けるのは確かだ。ここでその理由を考えてみたい。

イタリアの幻想小説といえば、トンマーゾ・ランドルフィ（一九〇八―一九七九）、ディーノ・ブッツァーティ（一九〇六―一九七二）、イタロ・カルヴィーノ（一九二三―一九八五）などの名前があがる。ホルヘ・ルイス・ボルヘス（一八九九―一九八六）が編纂した幻想文学コレクション「バベルの図書館」叢書（一九七五―一九八五）で紹介されたジョヴァンニ・パピーニ（一八八一―一九五六）、魔術的リアリズムのマッシモ・ボンテンペッリ（一八七八―一九六〇）を含めても、すべて二十世紀の作家であり、十九世紀に属する作家ではない。

十八世紀から十九世紀にかけてのロマン主義の流れのなかで、イギリスのゴシック・ノベル、フランスのコント・ファンタスティック、ドイツの後期ロマン派など、ヨーロッパでは多数の幻想小説が生み出された。ところが同時代、少なくとも十九世紀前半のイタリア文学は、そうした幽霊と怪物、怪異、恐怖のモチーフ、いわゆる幻想とは無縁に見える。

イタリア幻想文学のこうした「遅れ」の歴史的な原因には、小説『いいなづけ』の作家アレッサンドロ・マンゾーニ（一七八五―一八七三）に代表されるイタリアのロマン主義が穏健的傾向を示したこと、芸術の道徳性を強調し、社会の進歩のために「真理」と「史実」を追求して、北方ロマン主義の過激な要素（悪魔や吸血鬼、怪奇や恐怖）を受け入れなかったことがあると指摘される。さらには、芸術における新古典主義、宗教におけるローマカトリックの対抗宗教改革のような保守的風潮に加えて、国家統一運動の高まりのなかで、社会参加への強い意識と愛国精神による外国文化への抵抗が生まれたことも遠因となっただろう。

あえて乱暴な単純化をすれば、一八六一年にイタリア統一がなされるまで、政治的実践とナショナリズムが、悪魔や幽霊が登場する幻想の余地を文学に残さなかったといえるかもしれない。リボルノの民主派フランチェスコ・ドメニコ・グエッラッツィ（一八〇四—一八七三）や、ナポリの作家フランチェスコ・マストリヤーニ（一八一九—一八九一）などの作品には、もちろん、ゴシックや幻想、恐怖の要素を見ることができるが、大衆小説、フィユトン（新聞連載小説）というジャンル小説の枠を出なかった。

十九世紀半ば、「黒い」ロマン主義がイタリアにも及ぶきっかけのひとつは、エドガー・アラン・ポー（一八〇九—一八四九）の短篇の翻訳である。ボードレール（一八二一—一八六七）によるフランス語訳（一八五六〜）とほぼ同時期に、批評家エウジェーニオ・カメリーニ（一八一一—一八七五）や、グエッラッツィの友人で「イタリアのポー」と呼ばれた作家バッチョ・エマヌエーレ・マイネーリ（一八三七—一八九二）らによる翻訳紹介が始まる。一八五七年、トリノでカメリーニが編集していた雑誌『読書室』に「ヴァルドマアル氏の病症の真相」、「黒猫」、「告げ口心臓」、「ベレニス」が掲載されたのが最初のポー作品の翻訳である。その後ミラノに移ったカメリーニは一八六三年、「モルグ街の殺人」と「楕円形の肖像」を収録した『信じがたい物語』を出版した。マイネーリもトスカーナから拠点をミラノに移し、一八六九年に「アッシャー家の崩壊」、「ベレニス」、「モレラ」、「リジイア」、「ウィリアム・ウィルソン」、「メエルシュトレエムに呑まれて」などの十二篇を『恐怖の物語』として出版した。今回選んだ物語のなかでも、イジーノ・ウーゴ・タルケッティ、アッリーゴ・ボイト、ルイージ・カプアーナの作品に、とくにポーの影響が感じられる。ポーの作品はしばしばE・T・A・ホフマン（一七七六―一八二二）やアーデルベルト・フォン・シャミッソー（一七八一―一八三八）らの作品とともに翻訳された。これらの翻訳は、当時のイタリアにおける外国文化の広がりを示している。

ふたつの文学運動

外国文化の影響は、十九世紀後半のふたつの文学運動、スカピリアトゥーラとヴェリズモのなかに現れ、その結果としてイタリアでも幻想小説が書かれるようになる。

スカピリアトゥーラは、一八六〇年代から八〇年代にかけてトリノ、ミラノなどで展開された前衛運動で、一八六二年のクレット・アッリーギ（一八二八―一九〇六）の小説『スカピリアトゥーラと二月六日』がその名前のきっかけとなる。「スカピリアトゥーラ」は、ボヘミアン暮らしをする芸術家の長く乱れた髪型を指すことばである。「呪われた天才」ポーのイメージに強く影響を受けた作家が多かったのだ。

彼らは芸術の革新を求める情熱と、統一後のブルジョワ社会への反抗精神を結び付け、フランスのボードレール、ドイツのハインリヒ・ハイネ（一七九七―一八五六）、ホフマンの作風をイタリアに持ち込んだ。

世界の写実的な描写から逸脱し、夢想や不安に対して開かれた芸術を追求し、表現の面では方言や会話体を持ち込むなどの言語実験的な方向を目指した。なかでもタルケッティは、ポーやホフマンの影響を強く受けて、幻想短篇小説を精力的に執筆した。その後オペラ作家としてミラノ文壇で成功を収めたアッリーゴ、ブレラ美術学校で教授を務めたカミッロのボイト兄弟は、音楽、美術、文学の複数の分野で活躍した。カルロ・ドッスィは、グロテスクな奇想とパスティーシュ（先行作品の模倣）による奇妙な物語作品を生んだ。超王党派であるヴィットリオ・インブリアーニは、政治思想的には相いれないものの、規範を破壊する実験的文体という点ではスカピリアトゥーラに近い。

一八七〇年代から登場したヴェリズモ（真実主義）は、スカピリアトゥーラと関係しながらも、フランスの自然主義の影響を強く受けた文学運動である。

ジョヴァンニ・ヴェルガ（一八四〇―一九二二）のように南部の民衆と社会問題を扱った作家が多く、「真実」という表現から一見して幻想文学と無関係に思われるかもしれないが、ヴェリズモの作家たちも幻想小説を手掛けている。モニカ・ファルネッリ編『ヴェリズモ作家の幻想短篇集』（一九九〇）には、ヴェルガ、カプアーナ、レミージョ・ゼーナら九人の合計十四篇が収録されている。なかでもカプアーナは、フランスの実証的科学主義の影響を受け、世紀末の心霊主義、オカルティズムに傾倒した。アンドレア・チェードラ編『隠された世界の物語』（二〇〇七）は、カプアーナの幻想小説十八篇を収録している。ゼーナは、社会派リアリズム小説を執筆する一方で、フランスの象徴主義に傾倒して神秘体験を描くなど、スカピリアトゥーラとヴェリズモをつなぐ作家として注目される。

「二十世紀型の幻想」が与えた影響

したがって、イタリアはドイツやフランス、アメリカに比べて遅れたものの、十九世紀後半には幻想小説が書かれていた。そうした作品が見過ごされがちだったのは、幻想文学をめぐるその後の議論が関係する。

一九七七年、フランスの文芸評論家ツヴェタン・トドロフ（一九三九―二〇一七）の『幻想文学論序説』（一九七〇）がイタリア語に翻訳されたのをきっかけに、一九八〇年代のイタリアで幻想文学研究が盛んになる。「合理的な説明と超自然的な説明の間のためらい」というトドロフによる幻想の定義に啓発されて、イタリア幻想小説の特徴が分析され、正典が確立された。恐怖や驚きなどの衝動を喚起し強い感情移入を含意する十九世紀型の幻想に対して、アイロニーによって超自然に対して距離をとる二十世紀型の幻想がイタリアの幻想文学の特徴とされたことが、十九世紀イタリアの幻想文学を見えにくくした。

他方、情緒や感情に働きかける幻想と、知性と論理による幻想という、そうした対比を唱えた代表格が小説家イタロ・カルヴィーノである。

カルヴィーノが編纂した二巻本のアンソロジー『十九世紀幻想短篇集』（一九八三）には、アメリカ、イギリス、フランス、ドイツ、ロシアなど西洋の有名作家、合計二十六人が収録されているが、イタリア人作家はひとりも収録されていない。イタリア人作家を除外した理由についてカルヴィーノは、「十九世紀イタリア文学において幻想小説はマイナーであり」「存在しているからといってあえてイタリア人作家を含める気にはなれない」と述べている。

トドロフの『幻想文学論序説』についてのアンケートに答えたカルヴィーノは、現代のフランス文学用語における「ファンタスティック」が恐怖を伴う情動的なものであるのに対し、イタリア語の名詞「ファンタジーア」や形容詞「ファンタスティコ」は日常経験とは別の論理を受け入れることだとしていた。情動を引き起こす幻視体験としての幻想と理知的な遊戯としての幻想というこの対立軸は、一九八三年のアンソロジーのなかで、時代的な変化として捉え直される。つまり、十九世紀初頭に優勢であった「幻視的幻想」から、「日常的幻想」へと歴史的な変化が起きていると説明された。したがって後者の知的幻想が重視されるのは当然であった。

こうした編者としての経験を踏まえてカルヴィーノは、一九八四年の講演『イタリア文学における幻想』で、理知的な幻想こそが現代的であり、イタリア的であると結論づける。さらに、その起源はジャコモ・レオパルディ（一七九八―一八三七）の散文集『オペレッテ・モラーリ』（一八二七）にあり、児童文学者カルロ・コッローディ（一八二六―一八九〇）の『ピノッキオの冒険』（一八八三）を経由して二十世紀に続くと指摘した。

一九八八年には、ジャンフランコ・コンティーニ編『魔法のイタリア——二十世紀シュールレアル短篇集』（オリジナルは一九四六年のフランス語版）が出版された。パピーニ、ボンテンペッツリら、フランスのシュールレアリズムに近い作家、知的で技巧的な文体を特徴とする作品が収録されており、カルヴィーノの主張を補強することになる。

十九世紀イタリア幻想小説がまとまって収録されたのは、一九八四年のエンリーコ・ギデッティ編『イタリア夜想曲——十九世紀幻想短篇集』である。同時に第二巻としてエンリーコ・ギデッティ、レオナルド・ラッタルーロ編『イタリア夜想曲——二十世紀幻想短篇集』が刊行された。二十世紀を扱う第二巻には三十六人の作家が取り上げられているのに対し、十九世紀の第一巻には二十一人の作家しか取り上げられておらず、やはり二十世紀偏重の姿勢は否定できない。

こうしてトドロフの評価や、カルヴィーノ、コンティーニ、ギデッティらの議論とアンソロジーによって幻想文学の規範が確立するにつれて、タルケッティなど有名作家は別にして、十九世紀幻想小説は陰においやられ、書籍としても入手が難しくなった。

見直される規範と作品の再発掘

その後、幻想文学の定義を巡って、歴史上の特定の作家の作品（ヨーロッパ・ロマン主義の幻想文学）に限定する動きに対して、民話やファンタジー、空想科学小説、二十世紀メタフィクションなども対象に含める傾向が強まった。この拡張が続くと、幻想文学は、フィクションと同一視されて、ジャンルとしての特性が薄まってしまう。

そうした混乱を避けるため、文学研究者レーモ・チェゼラーニ（一九三三―二〇一六）は『幻想文学』（一九九六）において、「幻想（ファンタスティコ）」を文学ジャンルではなく、不安な経験を独自の方法で読者の心に伝えるひとつのモード、手法と定義し、写実、喜劇、民話などさまざまなジャンルで利用が可能であるが、十九世紀前半にはっきりとしたルーツを持つもの、と捉えた。

こうした理論研究の進化に伴い、従来の規範も見直されて、それまで注目されなかった作家の単行本やアンソロジーが出版される動きが生じた。

今回収録したなかでは、ゼーナは二〇一二年、カプアーナは二〇〇七年、ニエーヴォは二〇〇三年、インブリアーニは二〇〇五年に新版が出版されている。

作家、作品を選ぶ際にとくに参考になったアンソロジーを記しておく。ダルカンジェロ、ジャンフランチェスキ編『イタリア幻想百科事典』(一九九三)、A・デリア他編『幻想の誘惑――グアルドからズヴェーヴォまで』(二〇〇七)、コスタンツァ・メラーニ編『イタリアの幻想』(二〇〇九)、ロベルト・カルネーロ編『スカピリアトゥーラ短篇集』(二〇一一)などのアンソロジーでは、新しい作家、作品に出会う楽しみだけでなく、参考文献や語釈など、有益な情報が得られた。

十九世紀と二十世紀を扱った論文集であるジョヴァンナ・カルタジローネ他編『魔法のイタリア――十九世紀と二十世紀の幻想シュールリアリズム文学』(二〇〇八)と、四十年間におよぶイタリア幻想小説批評とアンソロジーについて網羅的に触れた大作であるステーファノ・ラッザリン他編『イタリアの幻想――批評総まとめと注釈付き参考文献(一九八〇年から現在まで)』(二〇一六)からは、幻想文学批評と受容の歴史をうかがうことができた。ヴァルテル・カタラーノ他編『イタリア幻想作家ガイド』(二〇一八)はSF作家や大衆小説家までを含めての記述が興味深い。

十九世紀イタリア幻想小説の分野で、知らなかった作家の発見や、有名作家の隠れた作品の発掘がこれからはいっそう可能になるだろう。

最後に、本書で取り上げた作家九名の略歴を掲げる。

1、イジーノ・ウーゴ・タルケッティ（一八三九―一八六九）

イジーノ・ウーゴ・タルケッティは、芸術運動スカピリアトゥーラを代表する小説家である。一八三九年六月二九日、現在のピエモンテ州アレッサンドリア県サン・サルヴァトーレ・モンフェッラートの富裕ブルジョワの家庭に生まれた。洗礼名はイジーニオだったが、愛国作家ウーゴ・フォスコロ（一七七八―一八二七）にならって一八六四年よりウーゴと名乗る。高校卒業後、兵站《へいたん》部士官として軍に入隊し、一八六一年から一八六三年までイタリア南部のフォッジャ、レッチェなどに派遣され、旧体制の反乱（「山賊行為《ブリガンタッジョ》」と呼ばれた）の鎮圧にあたった。

一八六三年、北部ヴァレーゼに駐屯したさいにカルロッタ・ポンティと恋に落ちて書簡を交わす。一八六四年に健康を損ねて休職し、軍を離れた期間にミラノのスカピリアトゥーラと交流が始まる。一八六五年に軍に戻り、クレモーナの地で、小説

『フォスカ』の登場人物のモデルとなる女性、カロリーナと知り合う。

同年、除隊するが肺病に苦しみ、不安定な困窮生活を送りながら、亡くなるまでの四年間に、長篇、短篇、新聞記事など精力的な執筆活動を行った。長篇小説として、ミラノ庶民を描いた『パオリーナ』(一八六五―一八六六)、軍隊を批判した『軍隊生活のドラマ』(一八六五―一八六六、のちに『高貴な狂気』〈一八六九〉となる)がある。代表作『フォスカ』は友人サルヴァトーレ・ファリーナの手で完成され、エットレ・スコーラ監督の映画『パッション・ダモーレ』(一九八一)の原作となる。一八六九年三月二五日、チフスのためミラノで死去した。同年、『ある足の話』、『幻想短篇集』が出版され、幻想短篇小説の書き手として注目される。

「木苺のなかの魂」は一八六八年に執筆され、『幻想短篇集』に収められた五作品のうちのひとつである。前世と輪廻転生をモチーフとした「黒い城の伝説」や、人骨の持ち主のもとに幽霊が骨を取り返しに現れる「死人の骨」など、他のどの作品もホフマンやゴーティエ、ポーの影響が感じられる。

啓蒙的な民主派スカピリアトゥーラのひとりとして芸術の倫理性を唱え、長篇小説で社会的責務を強く訴えるが、短篇小説では幻想や諧謔にあふれた自由な想像力を発揮する。竹山博英「タルケッティとゴシック小説」（『城と眩暈：ゴシックを読む』一九八二、国書刊行会）参照。

2、ヴィットリオ・ピーカ（一八六二―一九三〇）

ヴィットリオ・ピーカは、一八六二年四月二八日ナポリで生まれた。父親ジュゼッペは一八四八年のナポリ立憲運動に参加した自由主義者で、イタリア王国成立後、上院議員となり、南部反乱を弾圧する一八六三年の特別法「ピーカ法」を起草した。一八八〇年にナポリ大学法学部に入学すると、フランス文学批評に関心を寄せ、在学中にゴンクール兄弟に関する評論を発表して注目される。ゾラ、ユイスマンス、ヴェルレーヌ、マラルメなど当時のフランス文学論を著し、イタリアで初めて最先端の芸術運動に対して「アヴァンギャルド」（前衛）という表現を用いた。

その後イタリア北部に拠点を移し、フランス文学から美術に関心を広げた。美術・グラフィックデザインの雑誌『エンポリウム』（一八九五―一九六四）をベルガモで創刊し、一九二〇年から一九二六年までヴェネツィア・ビエンナーレの事務総長を務めるなど、海外の前衛美術の紹介とイタリア美術の宣伝普及に努め、国際的な美術評論家として評価された。一九三〇年五月一日、ミラノで没した。

詩人ガブリエーレ・ダンヌンツィオ（一八六三―一九三八）と並んで、イタリアにおける日本趣味「ジャポニズム」を広めた。エドモン・ド・ゴンクール『青楼の画家、歌麿』（一八九一）の書評を雑誌『円卓会議』に掲載し、著書『極東の美術』（一八九四）や『ジェノヴァのキヨッソーネ美術館の日本美術』（一九〇七）で日本美術を紹介し、版画が想起させる詩情豊かな日本のイメージを浸透させた。

「ファ・ゴア・ニの幽霊」は一八八一年、十九歳のピーカが、自らナポリで創刊した雑誌『ファンタジオ』上に発表した作品で、中国風の人名やインドの神が入り混じった異国日本の風俗が描かれる。プロシア出身の外交官ルドルフ・リンダウがフランスで一八六四年に出版した『日本周遊旅行』（邦題『スイス領事の見た幕末日本』）の横浜の記事にオランダ領事館のある地区「弁天」（ベンテン）、外国人向けの遊郭「岩亀楼」（ヤンキロ）の名があり、史料の一端が推測できる。

さらに、ピーカの専門であるフランス文学の影響がはっきり読み取れる。悪魔との契約、遠い土地の見知らぬ人の死による財産の獲得、そして新郎の亡霊の出現には、シャルル・グノーのオペラ『ファウスト』（一八五九）、オノレ・ド・バルザックの小説『ゴリオ爺さん』(一八三五)、エミール・ゾラの小説『テレーズ・ラカン』(一八六七)との関連性が指摘できる。

3、レミージョ・ゼーナ(一八五〇―一九一七)

レミージョ・ゼーナ(本名ガスパレ・インヴレア)は、一八五〇年一月二三日トリノで生まれた。父ファビオはジェノヴァの貴族で、総督や判事、政治家を輩出した家柄であった。ジェノヴァで保守的なカトリック教育を受けたゼーナは、一八六七年にジェノヴァ大学法学部に入学するが、休学して教皇守備隊に参加し、イタリア王国軍がローマを占領する一八七〇年までローマにとどまった。

ジェノヴァに戻ったのち一八七三年に法学部を卒業すると、司法の道に進み、ジェノヴァをはじめとするイタリア各地の裁判所に勤務した。一八八七年、一八九〇年の二度にわたり、当時イタリア軍の駐屯地であったエリトリアのマッサワに軍弁護士として派遣された。パレルモやミラノの軍裁判所を歴任し、一八九七年から一八九九年まではクレタ島の国際裁判所に勤務した。その後は一九〇七年から一九一四年の退任までローマで勤務し、一九一七年九月八日にジェノヴァで亡くなった。

大学時代から文学に傾倒し、司法の職歴を重ねながら小説、詩、短篇を雑誌に発表した。スカピリアトゥーラのアッリーゴ・ボイト、エミリオ・プラーガらとの交流や、ジョヴァンニ・ヴェルガとの文通があり、作品には自然主義、ヴェリズモ、デカダンなど同時代の文学運動が反映されている。さらには未来派や黄昏派など二十世紀文学の潮流を先取りした要素も見られる。

代表作として、詩集『灰色の詩』（一八八〇）、短篇集『素朴な魂――慎ましい物語』（一八八六）、小説『狼の口』（一八九二）、『使徒』（一九〇一）があり、皮肉を込めたカトリック道徳主義、細かな心理描写が見られる。

ゼーナの幻想小説が再評価されたきっかけは、没後六十年を過ぎた一九七七年にアレッサンドラ・ブリガンティが編集した短篇集『死後の告解――別世界の四つの物語』である。四作品のうち、一八九七年にカトリック教育誌『キリスト教家庭年鑑』に掲載された表題作「死後の告解」をのぞいて、三作は未発表だった。悪魔崇拝や催眠術、分身をテーマとする作品で、超心理学や心霊主義など当時のオカルティズムへの関心を下敷きに、現実と非現実、生と死の境界がぼやけ、不安とためらいに満ちた怪奇な物語が展開する。特徴的なのは、そうした超常現象がカトリック信仰の土台の上に描かれることである。悪魔も超自然も、キリスト教の奇跡の枠組みに収まり、宗教的原理は覆《くつがえ》されることがない。

4、アッリーゴ・ボイト（一八四二―一九一八）

ボイト兄弟の弟アッリーゴ（本名エンリーコ・ジュゼッペ・ジョヴァンニ）は、一八四二年二月二四日パドヴァで生まれた。父親シルヴェストロは画家で、母親ジュゼッピーナ・ラドリンスカはポーランド貴族である。一八五三年から一八六一年までミラノの音楽学校でピアノ、バイオリン、和声を学んだ。卒業後は奨学生としてパリに留学し、作曲家のベルリオーズやヴェルディらと出会う。

一八六三年にミラノに戻るとスカピリアトゥーラに加わり、闇と光、罰と贖いの対立を描く詩『デュアリズモ』（「二元論」の意）を発表した。一八六四年には、同じスカピリアトゥーラの作家で友人のエミリオ・プラーガと雑誌『フィガロ』を創刊する。一八六五年、韻文による寓話『熊王』を執筆し、ポーランドに二度目の旅行をする。一八六六年の第三次独立戦争の際には、友人プラーガらとガリバルディ義勇軍に参加し、対オーストリア戦線で戦い、ヴェネト獲得に貢献する。一八六八年三月に台本、作曲を手掛けたオペラ『メフィストーフェレ』で酷評を受けるが、その後一八七五年に再演された改訂版が好評を博した。

アッリーゴの音楽と詩の才能は、台本作家として発揮され、他の作曲家のための台本執筆やワグナーやウエーバー、マイアベーヤなど外国オペラの翻訳に取り組んだ。スカピリアトゥーラから離れた七〇年代以降は、ヴェルディのオペラ『シモン・ボッカネグラ』改訂版（一八八一）、『オテロ』（一八八七）、『ファルスタッフ』（一八九三）の台本作家として有名である。そうした活動によって、一八九〇年にはパルマ音楽院名誉学長となり、一九一二年にはイタリア王国上院議員に選出される。一九一八年六月一〇日にミラノの病院で没する間際まで推敲を続けた二作目オペラ『ネローネ』は、その後一九二四年にトスカニーニによって完成され、スカラ座で初演された。

「黒のビショップ」（一八六七）は、ロマン主義の感傷や道徳、古典主義の調和に反抗してグロテスクな夢想を追求するネオバロックのリアリズムを唱えたスカピリアトゥーラ時代の代表作である。光と闇、天と地、美と醜など、相対立する二元論的ヴィジョンはボイトの特徴のひとつで、この物語ではチェスのゲームが白人と黒人の人種的対立の象徴となる。チェス愛好家でもあったアッリーゴは、当時の南北戦争や植民地反乱の歴史的背景を踏まえて、対称的で合理的な秩序に対する混乱した野生の本能の戦いを盤上に作り上げた。

5、カルロ・ドッスィ（一八四九―一九一〇）

カルロ・ドッスィ（本名アルベルト・カルロ・ピサーニ・ドッスィ）は、一八四九年三月二七日、現在のロンバルディア州パヴィア県のゼネヴレードで生まれた。パヴィア出身の建築技師である父ジュゼッペ、ローディ出身の母イダのいずれも貴族の家柄である。

高校在学中からミラノのスカピリアトゥーラと交流し、一八六七年にドッスィが創刊した雑誌『パレストラ・レッテラリア』（「文学修練」の意）にはスカピリアトゥーラの小説家ジュゼッペ・ロヴァーニ（一八一八―一八七四）、ノーベル賞詩人ジョズエ・カルドゥッチ（一八三五―一九〇七）ら一流の文人が寄稿していた。幼少期を振り返った自伝小説『一昨日』（一八六八）とその続篇『アルベルト・ピサーニの生涯』（一八七〇）で早熟な文才を発揮し、ユーモアと多彩な文体で注目を集めた。一八七一年にパヴィア大学法学部を卒業し、ローマの外務省に勤めた。しかし不満を抱いて一年で辞職するとミラノに戻って文学に励み、小説『天空の王国』(一八七三)、短篇集『医師のインク瓶から』(一八七三)、『幸せな植民地――ユートピア』(一八七四)を発表した。

一八七七年、経済的困難から再び外交官を目指してローマに戻り、歴史的左派の政治家フランチェスコ・クリスピに取り立てられて、クリスピの政治雑誌『リフォルマ』(改良)の編集に参加した。外交官としてボゴタやアテネに赴任し、植民地政策を支えた。風刺小説『語尾のA』(一八七八)や短篇集『インクの滴』(一八八〇)を発表しながら、ロンバルディア時代の作品の再編集、再出版に力を入れた。

一九〇一年に外交官を引退すると、ミラノ近郊コルベッタで考古学研究に励み、コロンビアやギリシャ、ローマの発掘品を収蔵した博物館を作り上げた。一九一〇年一一月一七日にカルディーナで亡くなった。短篇集『恋愛』(一八八七)の発表を最後に、文学から離れたように見えたが、没後一九一二年に刊行された『青色ノート』には、一八七〇年から一九〇七年まで、三十年間に書き綴られたアフォリズムや思索が見える。

「魔術師」は、訳者まえがきで触れたように小説『アルベルト・ピサーニの生涯』の一部だったが、その後、独立した短篇として、短篇集『インクの滴』に収録された。ロンバルディア方言による実験的な文体による独自の表現主義は、二十世紀の作家カルロ・エミリオ・ガッダ（一八九三―一九七三）の先駆けとみなされる。

6、カミッロ・ボイト（一八三六―一九一四）

ボイト兄弟の兄カミッロは、一八三六年一〇月三〇日ローマで生まれた。画家の父親とポーランド貴族の母親とイタリア、ヨーロッパの街を旅行した。ヴェネツィアの美術学校で建築を学び、卒業するとそのまま十九歳の若さで教壇に立つ。一八五六年、フィレンツェに滞在し、美術誌、文学誌に寄稿した。

一八五九年、独立戦争の直前にヴェネツィアに戻るとミラノに転居し、弟アッリーゴと共にミラノの文壇に出入りする。一八六〇年から一九〇九年までブレラ美術学校で建築学教授を務め、一八六五年からはミラノ工科大学でも教えた。

一八六二年に従姉妹のチェチーリア・ド・ギヨームと結婚するが、息子カジミーロの死後に離婚、一八八七年にマドンニーナ・マラスピーナ・デイ・マルケージと再婚した。マドンニーナと死別後は、一九一四年六月二八日にミラノで亡くなるまで弟アッリーゴと同居した。

イタリア建築の革新を求めて中世建築の再解釈を提唱し、ミラノ、ガッララーテ、パドヴァ、ヴェネツィアなどでプロジェクトを行った。文献学的修復を定めた修復理論でも知られ、一八七三年にはウイーン万国博覧会の審査員に選出されるなど、数々の名誉ある任務に就いた。

建築論、美術批評に比べると、文学作品は少なく、ふたつの短篇集『虚しい物語』（一八七六）と『官能、続・虚しい物語』（一八八三）に集約される。後者収録の短篇「官能」はルキノ・ヴィスコンティ監督の映画『夏の嵐』（一九五四）の原作として知られる。

建築、文学のどちらの分野においても、カミッロは、ヨーロッパの先進国に対するイタリアの遅れを意識し、経済社会の進歩に即した芸術を通じて社会革新に貢献しようとする一方で、近代のなかでの伝統を拒否せずに再利用しようとした。こうして、過激な実験主義ではなく、古いテーマ（恋愛、密通、家族愛）と新しいテーマ（科学、精神疾患、オカルティズム）が共存する物語が生まれる。スカピリアトゥーラやヴェリズモの手法を取り入れながらも、どちらにも属さない立場から、統一後のイタリアの理想の崩壊と現実の不安を描いた。

「クリスマスの夜」は『虚しい物語』に収められている。ポーの短篇「リジイア」や「ベレニス」を思わせる「美女再生」の物語であると同時に、ゾラ風の「生の断片」としてミラノの風景を切り取って見せる。

7、ルイージ・カプアーナ（一八三九―一九一五）

ルイージ・カプアーナは、一八三九年五月二八日、シチリアのカターニア近郊ミネーオで生まれた。父親ガエターノは地主で、九人兄弟の長男だった。一八五一年から一八五五年までブロンテの王立寄宿学校で学び、一八五七年にカターニア大学法学部に進学するが、文学、美術、方言演劇から民俗学研究、哲学、自然科学、オカルティズムまで幅広い分野に関心を示した。

一八六〇年のガリバルディのシチリア遠征のさいに、ミネーオの反乱グループの書記となり、ガリバルディを称える詩を書いた。文化的遅れと教養不足を意識して当時の文化の中心地フィレンツェに一八六四年から一八六八年まで滞在し、おなじカターニア出身のヴェルガら文学者と交流し、雑誌『リヴィスタ・イタリカ』、日刊紙『ナツィオーネ』で劇評、文学評論を書き始めた。故郷のシチリアとミラノ、ローマを行き来しながら、短篇、長篇、評論、演劇と各方面で活躍した。作家デビューとなる短篇「シンバルス医師」（一八六七）は、恋愛に苦しむ青年の心臓を「麻痺」させる空想医学の物語である。生涯にわたって書き続けた短篇小説は、民話を含めて三十一冊分（そのうち四冊が没後出版）となり、驚異的な科学現象や神経病理学、オカルティズムにまつわる幻想作品から、シチリア庶民の現実を描いた心理小説までさまざまである。

代表作としては長篇小説『ジャチンタ』（一八七九）、『ロッカヴェルディーナ侯爵』（一九〇一）がある。評論集『現代文学研究――第一部』（一八八〇）、『現代文学研究――第二部』（一八八二）、『芸術のために』（一八八五）などでヴェリズモの理論を確立した。

一八九〇年からローマの女子高等学校で教授となる。一九〇二年から一九一四年までカターニア大学で教授を務め、一九一五年一一月二九日、カターニアで没した。

「夢遊病の一症例」は、『接吻とその他の短篇』（一八八一）など複数の短篇集に収録されている。当時のオカルト研究では、夢遊病には千里眼と予知という超能力が備わっているとされていた。カプアーナは評論『隠された世界』（一八九六）で、「夢を見ていたのと同時、あるいはその前、もしくは後に起きたことを告げる夢」をテレパシーと分類する心霊現象研究協会の代表者たちの立場を伝えている。さらに夢遊病は、本来の人格内に生じた第二の人格、異常なドッペルゲンガーをもたらし、狂気に至る、とされていた。

8、イッポリト・ニエーヴォ（一八三一―一八六一）

イッポリト・ニエーヴォは、一八三一年一一月三〇日パドヴァで生まれた。父親アントニオはマントヴァの貴族で、自由主義者の判事として、オーストリア帝国の構成国であるロンバルド＝ヴェネト王国で裁判所に勤務していた。母親アデーレもヴェネツィア貴族の出であった。ヴェネツィア共和国の大評議会員のひとりであった母方の祖父カルロ・マリンの影響もあって、オーストリアからの解放を強く望むようになった。

一八四八年、パドヴァで反オーストリアの蜂起に参加した。一八五〇年、高校卒業免状を取得し、レオパルディ、フォスコロ、マンゾーニなどイタリアの国民作家のほか、バルザック、ジョルジュ・サンド、ゲーテやポー、スターン、ルソーら外国文学を読みふけった。パヴィア大学、のちにパドヴァ大学の法学部に在籍し、詩集、戯曲、短篇を執筆し、ウーディネで発行される雑誌に記事を寄稿した。

一八五五年から一八五七年にかけて、田園を舞台にした連作短篇を発表するが、その一作がオーストリア当局を侮辱する内容だと当局から訴えられ、有罪判決を受けた。

一八五八年には代表作となる長篇小説『あるイタリア人の告白』を完成させた。一八五九年の第二次独立戦争が始まるとガリバルディのアルプス猟歩兵として戦闘に参加するが、ナポレオン三世のヴィッラフランカの和によってヴェネト解放は失敗に終わり、失望したニエーヴォは匿名で政治評論、風刺小説を発表する。

一八六〇年、ガリバルディのシチリア遠征に副主計官として参加し、一八六一年三月四日、パレルモからナポリに向かう蒸気船エルコレ号の海難事故で死去した。

「未来世紀に関する哲学的物語　西暦二二二二年、世界の終末前夜まで」は一八六〇年一月、ミラノの文芸誌『石の人間』の新年特別号に掲載された。『石の人間』はオーストリアを攻撃する風刺雑誌で、創刊者はクレット・アリーギ、寄稿者にタルケッティの名があり、ニエーヴォとスカピリアトゥーラとの接点として注目される。

一八六〇年から二二二二年までの未来を予言した未来小説であり、平和と退屈を描くディストピア小説である。トマス・モアの『ユートピア』（一五一六）、トンマーゾ・カンパネッラの『太陽の都』（一六〇二）、未来にユートピアを設定したルイ＝セバスチャン・メルシエの『西暦二四四〇年』（一七七一）、空洞地球を描いたジャコモ・カサノヴァの冒険小説『イコサメロン』（一七八八）などの、思弁的空想小説の系譜に連なる。

9、ヴィットリオ・インブリアーニ（一八四〇―一八八六）

ヴィットリオ・インブリアーニは、一八四〇年一〇月二七日ナポリで生まれた。自由主義者である父親パオロ・エミリオが一八四九年に弾圧を逃れて亡命すると、家族もナポリを離れてニースに移住し、父とはのちにトリノで合流した。一八五八年、インブリアーニはチューリッヒで文学者フランチェスコ・デ・サンクティス（一八一七―一八八三）のペトラルカ、騎士道文学についての講義を聴講した。

一八五九年、第二次独立戦争が始まるとイタリアに帰国するが、フランスとオーストリアの突然の休戦で、戦闘に参加できずにチューリッヒにもどった。一八六〇年べルリンでヘーゲルの哲学に触れる。一八六一年にイタリアに帰国し、デ・サンクティスが創刊した雑誌『イタリア』に寄稿を始める。

一八六六年、第三次独立戦争でガリバルディ軍に参加して、オーストリア軍の捕虜となる。帰還後、ナポリで雑誌『祖国』の編集長となるが、翌年フィレンツェに転居する。

一八六七年から一八七七年にかけて、最初の小説『メロペー四世』（一八六七）を始め、文学、哲学、美術の評論を出版した。また、方言詩や民話の研究成果である『フィレンツェ民話集』（一八七一）、『南部の民衆歌』（一八七一―一八七二）、『ミラノ民話集』（一八七七）を編纂した。『縛り首先生』（一八七四）、『三匹のカタツムリ』（一八七五）、『火あぶり男の話』（一八七七）といったグロテスクで過激な説話の背景には、こうした民話研究がある。

強硬派で反動主義者、超王党派として『死刑のために』（一八六五）、『死刑と決闘』（一八六九）など死刑賛成論を執筆し、一八七六年の歴史的左派の勝利に対しては厳しく批判した。一八八〇年に脊髄癆《せきずいろう》を発病して次第に全身麻痺状態となり、一八八四年に念願のナポリ大学の教授職を手にするが、教壇に立つことなく一八八六年一月一日に没した。

「三匹のカタツムリ」は、ジョヴァンニ・ボッカッチョ（一三一三―一三七五）の『デカメロン』やジャンバティスタ・バジーレ（一五六六―一六三二）の『ペンタメローネ』など、イタリアの艶笑譚の伝統に、インブリアーニの特徴である、過剰な文体、方言の混交、文学的引用と言葉遊びが結びついた貴重な作品である。

『19世紀イタリア怪奇幻想短篇集』関連年譜

本書収録作品の著者名は太字にて強調した

一八一四年
ウイーン会議（〜一八一五）。イタリア半島はサルデーニャ王国、ロンバルド＝ヴェネト王国、パルマ公国、モデナ公国、トスカーナ大公国、ローマ教皇領、両シチリア王国に分断される。北部はオーストリア帝国、南部はスペイン系ブルボン家の外国人支配下にあり、国家統一と民族独立を求める運動（リソルジメント）が活発化。

一八一五年
ワーテルローの戦い。

一八二〇年
カルボナリによるナポリ革命（〜一八二一年）。

一八二七年
フランチェスコ・ドメニコ・グエッラッツィ、歴史小説『ベネヴェントの戦い』。ジャコモ・レオパルディ、散文集『オペレッテ・モラーリ』。

一八三一年
カルボナリ蜂起、マッツィーニ「青年イタリア」結成。一一月三〇日パドヴァで**イッポリト・ニエーヴォ**誕生。

一八三四年
マッツィーニ、ガリバルディとジェノヴァ蜂起を企て、失敗。
一八三六年
一〇月三〇日ローマでカミッロ・ボイト誕生。
一八三九年
五月二九日ミネーオ（カターニア）でルイージ・カプアーナ誕生。六月二九日サン・サルヴァトーレ・モンフェッラート（アレッサンドリア）でイジーノ・ウーゴ・タルケッティ誕生。
一八四〇年
アレッサンドロ・マンゾーニ、小説『いいなづけ』再版（初版一八二七年）。
一〇月二七日ナポリでヴィットリオ・インブリアーニ誕生。
一八四二年
二月二四日パドヴァでアッリーゴ・ボイト誕生。
一八四八年
フランス二月革命。第一次イタリア独立戦争、ロンバルディアでオーストリアに対する反乱、サルデーニャ軍がオーストリア軍に宣戦布告。
一八四九年
ローマ共和国（マッツィーニら三頭政治）。サルデーニャ軍がノヴァーラの戦いで敗北、王カルロ・アルベルト退位、息子ヴィットリオ・エマヌエーレ二世即位。ニエーヴォ、トスカーナに旅行、グエッラッツィと知り合う。三月二七日ゼネヴレード（パヴィア）でカルロ・ドッスィ誕生。インブリアーニ、亡命した父と共にナポリを離れる。
一八五〇年
一月二三日トリノでレミージョ・ゼーナ誕生、本名ガスパレ・インヴレア。
一八五二年
カヴールがサルデーニャ首相就任（〜一八六一）、イタリア統一を準備。フランチェスコ・マストリヤーニ、イタリア初の暗黒小説『我が死体』。
一八五三年
クリミア戦争始まる（〜一八五六）。
一八五四年
グエッラッツィ、歴史小説『ベアトリーチェ・チェンチ』。
一八五五年
カヴール、英仏を支援しクリミア戦争に参戦。ニエーヴォ、パドヴァ大学法学部卒業、第二詩集出版、短篇を雑誌に発表。
一八五六年
パリ条約（クリミア戦争講和条約）。ボードレール、ポーの短篇をフランス語に翻訳。カミッロ・ボイト、ヴェネツィア美術学校の准教授に。インブリアーニ、トリノに滞在、その後チューリッヒで文学者デ・サンクティスに師事。
一八五七年
トリノの雑誌『読書室』にポーの短篇（「ヴァルドマアル氏の病症の真相」「黒

猫」「告げ口心臓」「ベレニス」）が翻訳される。カプアーナ、カターニア大学法学部に入学。

一八五八年
ニエーヴォ、ポーの影響を受けた短篇「大晦日――狂人のうわ言」を雑誌『プンゴロ』に発表。

一八五九年
第二次イタリア独立戦争。ロンバルディア併合。カザーティ法成立、国家による教育組織化の始まり。インブリアーニ、独立戦争に参加を試みるが休戦になり不参加。タルケッティ、サルデーニャ軍に入隊。

一八六〇年
ガリバルディのシチリア遠征。中部イタリア併合。ニエーヴォは副主計官としてガリバルディ軍に参加。カプアーナは学業を放棄しミネーオの反乱グループの書記に。カミッロ・ボイト、ミラノのブレラ美術学校で教授に（～一九〇九）。ニエーヴォ「未来世紀に関する哲学的物語」を雑誌に発表。

一八六一年
アメリカ南北戦争（～一八六五）。イタリア王国成立（歴史的右派政府、初代国王ヴィットリオ・エマヌエーレ二世）。カヴール死去。ローマ、ヴェネト、トレント、トリエステが残る。ニエーヴォ、三月四日ナポリ沖の海難事故で死去、二九歳。アッリーゴ・ボイト、パリに留学、ロッシーニに師事。インブリアーニ、ナポリで地方議員に当選。
一八六二年
アスプロモンテの変、ガリバルディ軍と王国軍が衝突。四月二八日ナポリでヴィットリオ・ピーカ誕生。クレット・アッリーギ、小説『スカピリアトゥーラと二月六日』。
一八六三年
アメリカ奴隷解放宣言。ピーカ法制定（～一八六五）、軍の三分の二が南部に駐留、山賊活動を弾圧。エウジェーニオ・カメリーニがミラノで、シャミッソー「ペーター・シュレミールの不思議な物語」と合わせてポー「モルグ街の殺人」と「楕円形の肖像」を翻訳。
アッリーゴ・ボイト、詩『デュアリズモ』、スカピリアトゥーラに参加。
一八六四年
九月協定。教皇ピウス九世が回勅「クアンタ・クーラ」と誤謬表を発表、近代思想を否定。アッリーゴ・ボイト、エミリオ・プラーガと雑誌『フィガロ』創刊。カプアーナ、フィレンツェ滞在（～一八六八）。
一八六五年
首都がトリノからフィレンツェに移転。アッリーゴ・ボイト、寓話『熊王』。タルケッティ、小説『パオリーナ』を雑誌に発表（～一八六六）、軍を退役。カプアーナ、劇評を新聞に寄稿開始。
一八六六年
普墺戦争。第三次イタリア独立戦争。

ヴェネト併合、ヴェネツィア＝ジュリアとトレンティーノはオーストリア領のまま。インブリアーニ、独立戦争に参加しオーストリア軍の捕虜に。

一八六七年
アッリーゴ・ボイト、短篇「黒のビショップ」を雑誌『ポリテクニコ』に発表。タルケッティ、軍を批判する小説『軍隊生活のドラマ』が人気に。ニエーヴォ、小説『あるイタリア人の告白』。ゼーナ、ジェノヴァ大学法学部に入学するが、休学してローマの教皇守備隊に参加（〜一八七〇）。カプアーナ、短篇「シンバルス医師」で作家デビュー、幻想的、空想科学的短篇を執筆。

一八六八年
マンゾーニ、評論『言語の統一と普及の手段』。アッリーゴ・ボイトのオペラ『メフィストーフェレ』が初演されるが不評。ドッスィ、小説『一昨日』。カプアーナ、健康回復のためシチリアに帰郷（〜一八七五）。

一八六九年
スエズ運河開通。パレルモで製粉税に抗議する騒動勃発。バッチョ・エマヌエーレ・マイネーリ、ミラノでポーの短篇を翻訳。三月二五日ミラノでタルケッティ死去、二九歳、『幻想短篇集』（「木苺のなかの魂」所収は没後刊行）。同年出版の小説『フォスカ』は、エットレ・スコーラ監督の映画『パッション・ダモーレ』（一九八一）の原作。

一八七〇年
普仏戦争（〜一八七一）、フランス第三共和政。イタリア軍ローマに突入（ポルタ・ピアの戦い）、ローマ併合。「未回収のイタリア」としてトリエステ、南チロル。教皇ピウス九世はイタリア政府と断交。ドッスィ、『アルベルト・ピサーニの生涯』。カミッロ・ボイト、短篇「肉体」。カプアーナ、教育委員、市議、市長を務め、写真、版画、絵画を手がける。

一八七一年
パリ・コミューン。ドイツ帝国成立。ローマ遷都。インブリアーニ、『フィレンツェ民話』、『南部の民衆歌』（〜一八七二）編纂。ドッスィ、パヴィア大学法学部を卒業。

一八七二年
ドッスィ、外務省に勤めるが一年で退職、ミラノに戻る（〜一八七七）。カプアーナ、『現代イタリア演劇』。インブリアーニ、『ミラノ民話集』編纂、友人らと雑誌『ナポリ哲学文学誌』創刊。

一八七三年
世界的大不況（〜一八九六）。ドッスィ、エリトリアの全権大使に。『医師のインク瓶から』。

一八七四年
教皇ピウス九世『ノン・エクスペディト』、選挙参加を禁止。ドッスィ、『幸福な植民地――ユートピア』。インブリアーニ、寓話『縛り首先生』。
一八七五年
フランス第三共和政憲法。インブリアーニ、『三匹のカタツムリ』。アッリーゴ・ボイト、オペラ『メフィストーフェレ』ボローニャで再演、好評。ゼーナ、各地の民事裁判所に勤務（〜一八八六）。
一八七六年
歴史的左派の勝利、第一次デプレーティス内閣成立。犯罪人類学者チェーザレ・ロンブローゾ『犯罪人論』。カミッロ・ボイト、短篇集『虚しい物語』（「クリスマスの夜」所収）。
一八七七年
露土戦争（〜一八七八）。コッピーノ法、初等教育の最初の二年を義務化。ヴェルガ、短篇「トレッツァ城の物語」。アッリーゴ・ボイト、詩集『詩文集』。ドッスィ、外務省に戻り、政治家フランチェスコ・クリスピの秘書としてその植民地政策を支える。カプアーナ、最初の短篇集『女性たちの横顔』、ミラノの新聞で文学・演劇批評欄を担当。インブリアーニ、小説『火あぶり男の話』、『ポミリアーノ・ダルコの十二の民話』。
一八七八年
国王ヴィットリオ・エマヌエーレ二世死去、ウンベルト一世即位。ドッスィ『語尾のA』。インブリアーニ、ナポリ大学文学部の公募に落選。

一八七九年
カプアーナ、ヴェリズモを代表する小説『ジャチンタ』刊行。インブリアーニ、ナポリ近郊の地方議員に。

一八八〇年
製粉税軽減、税制改正。ジョヴァンニ・ヴェルガ、短篇集『田舎の生活』、マスカーニのオペラ『カヴァレリア・ルスティカーナ』(一八九〇)の原作。ドッスイ、短篇集『インクの滴』(「魔術師」所収)。ゼーナ、詩集『灰色の詩』。カプアーナ、評論集『現代文学研究――第一部』(『第二部』は一八八二年)。ピーカ、ナポリ大学法学部に入学。

一八八一年
フランスがチュニジア獲得。ヴェルガ『マラヴォリア家の人々』。カルロ・コッローディ、物語『ピノッキオの冒険』を連載開始(~一八八三)。アッリーゴ・ボイト、ヴェルディのオペラ『シモン・ボッカネグラ』台本を書き直す。カプアーナ、短篇集『接吻とその他の短篇』(「夢遊病の一症例」所収)。ピーカ、短篇「ファ・ゴア・ニの幽霊」を雑誌『ファンタジオ』に発表。

一八八二年
イタリア、ドイツ、オーストリア゠ハンガリーの三国同盟。イタリア政府がエリトリアのアッサブ湾を買収、植民地主義政策開始。選挙法改正。カプアーナ、民話集『むかしむかし』。

一八八三年
カミッロ・ボイト、短篇集『官能、続・虚しい物語』、「官能」はルキノ・ヴィスコンティ監督の映画『夏の嵐』(一九五四)の原作。

一八八四年
紅海のマッサワ湾のイタリア領宣言。製粉税廃止。カプアーナ、評論『スピリティズム?』。

一八八五年
イタリア、エリトリアのマッサワに出兵。

一八八六年
エドモンド・デ・アミーチス、小説『クオレ』。カロリーナ・インヴェルニーツィオ、小説『死んだ女の接吻』。

一月一日ナポリでインブリアーニ死去、四六歳。ゼーナ、短篇集『素朴な魂――慎ましい物語』。

一八八七年
ドガリの戦い(マッサワ近郊ドガリで、イタリア軍がエチオピア軍に敗北)。フランチェスコ・クリスピ、首相に。アッリーゴ・ボイト、ヴェルディのオペラ『オテロ』台本。ドッスィ『恋愛』、官房長官となり、公には文学活動を停止するが随想録の執筆を継続。ゼーナ、マッサワの軍裁判所に勤務、ジェノヴァの『クレプスコロ』などスカピリアトゥーラ派の雑誌に寄稿、旅行記『ジェノヴァからコンスタンティノープルまでヨットで』。

一八八九年
イタリア、ソマリランド領有（〜一九三六）。ウッチャリ講和条約成立、イタリア領エリトリア誕生。

一八九〇年
ピーカ、評論『前衛——現代文学研究』。

一八九一年
ドッスィ、コロンビアのボゴタ総領事に。

一八九二年
ゼーナ、小説『狼の口』、ミラノの軍裁判所に勤務（〜一九〇七）。カプアーナ、評論『本と演劇』。

一八九三年
アッリーゴ・ボイト、ヴェルディのオペラ『ファルスタッフ』台本を作成。

一八九四年
ゼーナ、小説『女巡礼』。ピーカ、美術評論『極東の美術』。

一八九五年
第一次エチオピア戦争（〜一八九六）。ドッスィ、アテネの大使に、考古学に関心を寄せる。ピーカ、雑誌『エンポリウム』創刊。

一八九六年
アドワの戦い、イタリア軍がエチオピア軍に敗北、アジスアベバ講和条約。カプアーナ、評論『隠された世界』。

一八九七年
ゼーナ、短篇「死後の告解」を『キリスト教家庭年鑑』に発表、クレタ島の国際裁判所に勤務（〜一八九九）。ピーカ、第二回ヴェネツィア・ビエンナーレで印象派を紹介。

一八九八年
カプアーナ、評論『現代のさまざまな主義、ヴェリズモ、シンボリズモ、イデアリズモ、コスモポリティズモと文学芸術評論』。ピーカ、評論『例外の文学』。

一八九九年
カミッロ・ボイト、ヴェルディの「音楽家の憩いの家」を設計。カプアーナ、評論『文芸時評』。

一九〇〇年
国王ウンベルト一世暗殺、ヴィットリオ・エマヌエーレ三世即位。カプアーナ、ルイージ・ピランデッロと知り合う。

一九〇一年
カプアーナ、小説『ロッカヴェルディーナ侯爵』。ゼーナ、小説『使徒』。

一九〇二年
カプアーナ、カターニア大学の教授に、評論『文学の科学』。

一九〇四年
ジャコモ・プッチーニのオペラ『蝶々夫人』ミラノ初演。

一九〇五年
ゼーナ、詩集『オリンピア』。

一九〇七年
ピーカ、評論『ジェノヴァのキヨッソーネ美術館の日本美術』。

一九〇八年

ピーカ、評論『フランス印象派』。
一九一〇年
ドッスィ、一一月一七日カルディーナ（コモ）で死去、六一歳。
一九一二年
アッリーゴ・ボイト、上院議員に。
一九一四年
六月二八日ミラノでカミッロ・ボイト死去、七七歳。カプアーナ、大学教授を退官。ゼーナ、軍裁判所を退職。
一九一五年
一一月二九日カターニアでカプアーナ死去、七六歳。
一九一七年
九月八日ジェノヴァでゼーナ死去、六七歳。
一九一八年
六月一〇日ミラノでアッリーゴ・ボイト死去、七六歳。
一九二〇年
ピーカ、第十二回ヴェネツィア・ビエンナーレの事務総長に。
一九三〇年
五月一日ミラノでピーカ死去、六六歳。

訳者あとがき

初めに、収録作品は本邦初訳であるが、ニエーヴォの作品は「未来世紀に関する思弁的歴史」として京都外国語大学『研究論叢』第八十六号（二〇一六）で発表した翻訳の改稿であることをお断りしておく。

あとがきとして、十九世紀イタリアの怪奇幻想短篇作品を集めてみて気がついたことをいくつか記しておきたい。

第一に、当初考えていたより数多くの作品と作家が候補に挙がってきたことは嬉しい驚きであった。スカピリアトゥーラであればジョヴァンニ・ファルデッラ（一八四六―一九二八）など、さらに多くの作家がおり、タルケッティやボイト兄弟に関しては可能であれば複数の作品を収めたかった。ヴェリズモでいえば、カプアーナ、ゼーナらに加えて、ジョヴァンニ・ヴェルガ（一八四〇―一九二二）のシチリアを舞台にしたゴシック風の物語「トレッツァ城の伝説」（一八七五）もよく知られた幻想小説である。

とはいえ、十九世紀の小説、それもマイナーな作家の作品を読むのは日本語ではもちろん、イタリア語でも容易ではない。タルケッティ「木苺のなかの魂」のように現在でも短篇集が刊行されて、さらに複数のアンソロジーで読める作品がある一方で、ヴィットリオ・ピーカ「ファ・ゴア・ニの幽霊」のように、アンソロジーで出会うしかない珍しい作品もある。このような場合、ひとりの作家の複数の作品から一作を選ぶのは難しい。さらに、単行本が絶版になってしまえば、なにかのきっかけで復刊されるまで入手困難となってしまう。

加えて時間をかけて探すうちに、版の違いに気がつくことがある。たとえばインブリアーニの「三匹のカタツムリ」は、ギデッティ編の一九八四年のアンソロジー、一九九三年の『短篇・散文集』、そして二〇〇五年の単行本と三つの版があるなかで、一九九三年版だけがまえがきを含めて初版を再現している。こうした違いを細かく確認するのは、かなり大変な作業である。

近年、幻想をテーマとするアンソロジーが何冊も刊行されているが、今後もそうした新しいアンソロジーや復刊によって未知の作家や作品が発掘されるだろう。さらに、古書のデジタルアーカイブ化によって、ネット上で入手可能なテキストが増えており、これまでイタリアの図書館まで足を運ばなければ読めなかった作品が、家にいながらにして読めるのは画期的だ。

第二に、地域的には北部と南部であまり偏《かたよ》りなく選べたが、結果として男性作家ばかりになり、女性作家を収録できなかったのは残念である。この時代には、ジャーナリストで女性運動家のマルケーザ・コロンビ〈本名マリア・アントニエッタ・トッリアーニ〉(一八四〇―一九二〇)、新聞連載小説で人気を博したカロリーナ・インヴェルニーツィオ(一八五一―一九一六)、『ナポリの伝説』(一八八一)を書いたマティルデ・セラーオ(一八五六―一九二七)、すこし時代を下ればノーベル賞作家グラーツィア・デレッダ(一八七一―一九三六)など数々の女性作家が活躍していた。今回のアンソロジーではうまく彼女らの作品を選ぶことができなかったが、あらためて別の視点からアプローチできるのではないかと感じた。

第三に、ジャーナリズムや音楽や美術評論、建築など文学以外の芸術に精通する部分が多いとはいえ、あくまで文壇に属する作家たちが中心である。この点では、解説で触れたように、ギデッティやカルヴィーノらが提起したイタリアの「理知的な幻想」と無縁ではない。実際、タルケッティのユーモア、ドッスィの皮肉、インブリアーニの引用趣味などに見える文学性は、ブッツァーティやカルヴィーノら二十世紀の作家に受けつがれたといえる。

こうした主流文学の作家が手掛けた怪奇幻想小説ばかりではない。識字教育の普及とともに多くの読者を獲得していく大衆小説では、怪奇、空想、幻想は重要な要素であり、その一例が冒険小説で知られるエミリオ・サルガーリ（一八六二—一九一一）である。さらにはトスカーナの郷土史家ジョヴァンニ・マゲリーニ・グラツィアーニ（一八五二—一九二四）の短篇集『悪魔——ヴァルダルノの民話』（一八八六）のように地方固有の口承伝統に基づく民衆的幻想譚もある。女性作家と同じように、こうした作品についても別の紹介の機会を待ちたい。

まえがきで触れたように翻訳に際して、日本の読者になじみがないと思われる語は、訳注でできるだけ説明を加えた。なるべく読みやすい訳文を心がけたが、原文を尊重して食い違う表現を残した部分もある。光文社古典新訳文庫編集部のみなさんから貴重なご助言をいただいたことを感謝します。

二〇二〇年一二月

橋本勝雄

本書収録の短篇「木苺のなかの魂」には、「男爵は何も言えないほど興奮している。激しい癲癇発作に見えた」という記述があります。「癲癇」は、長らく原因不明とされ、その特有の症状から、現代に至るまで偏見や差別の対象となってきました。しかし現在では、種々の成因によってもたらされる脳の疾患であることが医学的に明らかとなり、患者の大半は薬の服用によって発作を抑えることができるようになっています。今日の観点からは、「癲癇」という疾患名を特定の身体状況を表すものとして比喩的に用いることは不適切であり、避けられるべきです。

また、短篇「黒のビショップ」においては、黒人に対する侮蔑的・差別的表現が繰り返されています。「分厚い唇」「モラント・ベイ出身の野蛮人」「まさにサタンそっくり」「オランウータンかと思った」「黒人は自由にふさわしくない（中略）知能は鈍く、本能は凶暴」「殺されたのが黒人にすぎなかったからだ」など、人種や民族、異なる肌の色への偏見と差別に基づく描写は、いずれも今日の観点からは許容されるものではなく、使用を控えるべき表現です。

これらは二つの物語が成立した一八六〇年代当時のイタリアの社会状況と未熟な人権意識に基づくものですが、編集部では、安易な言い換えをすることを控えました。呼称を変えたとしても、そこに存在する差別的な意味合いが変わることはない、と判断したものです。その上で、こうした時代背景やその中で成立した物語を深く理解するため、これらの表現についても原文に忠実に翻訳することを心がけました。それが今日も続く人権侵害や差別問題を考える手がかりとなり、ひいては作品の歴史的・文学的価値を尊重することにつながると判断しました。差別の助長を意図するものではないことをご理解ください。

黒人差別については二〇二一年時点でも、アメリカで起きた警官による横暴な拘束による被疑者死亡事件を発端に「#BlackLivesMatter」運動が世界的に広がりを見せています。けっして過去の問題ではないことを、読者の皆様と共有したいと思います。

編集部

光文社古典新訳文庫

19世紀《せいき》イタリア怪奇幻想短篇集《かいきげんそうたんぺんしゅう》

編・訳者　橋本勝雄《はしもとかつお》

2021年1月20日　初版第1刷発行

発行者　田邉浩司
印刷　新藤慶昌堂
製本　ナショナル製本

発行所　株式会社光文社
〒112-8011東京都文京区音羽1-16-6
電話　03（5395）8162（編集部）
03（5395）8116（書籍販売部）
03（5395）8125（業務部）
www.kobunsha.com

ISBN978-4-334-75437-2 Printed in Japan

いま、息をしている言葉で、もういちど古典を

長い年月をかけて世界中で読み継がれてきたのが古典です。奥の深い味わいある作品ばかりがそろっており、この「古典の森」に分け入ることは人生のもっとも大きな喜びであることに異論のある人はいないはずです。しかしながら、こんなに豊饒で魅力に満ちた古典を、なぜわたしたちはこれほどまで疎んじてきたのでしょうか。

ひとつには古臭い教養主義からの逃走だったのかもしれません。真面目に文学や思想を論じることは、ある種の権威化であるという思いから、その呪縛から逃れるために、教養そのものを否定しすぎてしまったのではないでしょうか。

いま、時代は大きな転換期を迎えています。まれに見るスピードで歴史が動いていくのを多くの人々が実感していると思います。

こんな時わたしたちを支え、導いてくれるものが古典なのです。「いま、息をしている言葉で」――光文社の古典新訳文庫は、さまよえる現代人の心の奥底まで届くような言葉で、古典を現代に蘇らせることを意図して創刊されました。気取らず、自由に、心の赴くままに、気軽に手に取って楽しめる古典作品を、新訳という光のもとに読者に届けていくこと。それがこの文庫の使命だとわたしたちは考えています。

このシリーズについてのご意見、ご感想、ご要望をハガキ、手紙、メール等で翻訳編集部までお寄せください。今後の企画の参考にさせていただきます。
メール　info@kotensinyaku.jp